Ibysse

Florian Gazan

Ibysse

Roman

cherche midi

Vous pouvez consulter notre catalogue général
et l'annonce de nos prochaines parutions sur notre site :
www.cherche-midi.com

92, avenue de France
75013 Paris

Composition : Peter Vogelpoel
Dépôt légal : février 2021
ISBN : 978-2-7491-6505-9

À celui qui ne pourra pas lire ce livre.

C'est Élodie qui me l'a demandé. Pour être honnête, je le lui avais proposé il y a quelque temps. En espérant qu'elle me répondrait non. Elle ne m'a rien dit, mais hier soir, du bout des lèvres, de ces lèvres que j'ai tant embrassées, elle m'a avoué qu'elle avait besoin de se retrouver seule pour faire le point.

« Juste une mise au point… », j'ai toujours trouvé cette chanson débile. Jusqu'à ce soir. Jusqu'à cette chambre de l'hôtel Ibis. Chambre 840. Quelques mètres carrés juste ce qu'il faut d'impersonnel pour s'y sentir tout de suite chez soi. Disons que mon sac posé négligemment sur la chaise, mon pantalon affalé sur la moquette marron et le chargeur de mon mobile qui pendouille dans le vide lui donnent ma couleur. Enfin, n'exagérons rien. Ça reste une chambre d'hôtel Ibis semblable à toutes les chambres d'hôtel Ibis de tous les hôtels Ibis du monde.

Celle-là a dû en voir passer, des mecs comme moi. Des plus beaux, des moins seuls. Le plafond en aurait, des histoires à raconter. Des histoires de cul, à deux dans le meilleur des cas ; des rires, des larmes, des visages prostrés le fixant comme un miroir qui leur renvoie leur désespoir, des regards fatigués de

VRP désabusés. Des tranches de vie qui s'empilent comme des feuilles sortant d'une photocopieuse. Toutes différentes, mais ayant en commun d'avoir transité par la chambre 840. Qui était là avant moi ? Qui sera là après moi ? Qui sera allongé dans ce lit double, face à ce tableau représentant une tour de contrôle et le nez d'un avion, à se demander comme moi pourquoi il y a toujours un tableau immonde dans les chambres d'hôtel ?

Pourtant cette croûte murale me parle. Cette tour me rappelle que j'ai perdu le contrôle de notre histoire, et l'atterrissage est violent. Les murs blancs de la 840 me font penser à ceux d'une chambre de clinique. Mon diagnostic : maladie d'amour… Symptômes : incapacité chronique à rendre heureuse mon amoureuse.

C'est vrai, je l'aime. Mais je ne sais pas l'aimer. Elle attend beaucoup de moi et, à force d'attendre, elle s'est lassée. Elle s'est usée. Je suis sonné de n'avoir rien vu venir. Détruit d'avoir été une nouvelle fois tellement moi. Un type qui voudrait agir mais qui ne sait que réagir. Et pas toujours comme il faudrait. Quand je reconnais mes torts, il y a toujours un « mais » qui traîne. Le « mais », pour un joueur de tennis comme moi, c'est comme un retour de service. Je renvoie la balle avec une excuse. Retour souvent perdant. Sinon, je ne serais pas vautré sur ce couvre-lit orange et vert en train de regarder mécaniquement une chaîne de télé allemande. À me demander comment cette histoire qui m'avait fait pousser des ailes a pu foirer au point de me retrouver à dormir ce soir dans la chambre 840 d'un hôtel pas loin de chez ce qui était nous depuis trois ans. À cinq cents mètres d'Élodie à vol d'oiseau.

Ailes, elle. Le même mot, et moi, le bec dans l'eau. Un bec d'Ibis. Extinction des feux.

Même motif, même punition. Je suis de retour dans ma chambre. Hier, c'était « la chambre », aujourd'hui c'est « ma chambre ». C'est fou comme j'ai pu vite m'habituer à ces quelques mètres carrés. Finalement, on n'est pas si différents des chiens. Eux, ils lèvent la patte pour marquer leur territoire. Nous, c'est notre odeur qui domestique l'oreiller, le léger bordel qu'on laisse et que les femmes de chambre contournent soigneusement en faisant le ménage. Pour un peu, cette chambre, je commencerais à lui trouver du confort. C'est fort con.

Le train-train, je l'ai déjà connu, et il vient de dérailler. Voilà aussi pourquoi mon lit, ce soir, ne sera une nouvelle fois pas mon lit. Et là, une question m'agresse soudainement : ce séjour forcé à l'Ibis va-t-il se terminer dans quelques jours, ou suis-je ici pour un bail ? En CDI, Chambre à Durée Indéterminée. Après tout, je n'ai aucune assurance qu'elle voudra me revoir dans sa vie et dans notre appartement. Elle-même l'a dit : « Si tu ne t'éloignes pas, je ne sais pas si nous, ça peut redémarrer. J'ai besoin d'air, d'arrêter de ne pas être heureuse avec toi, alors que je pourrais l'être. Alors que je *devrais* l'être. » « Flo, je ne sais plus où j'en suis. Notre histoire en est où elle en est, mais je me suis perdue en route. Il y a des réactions qui m'échappent. Tiens, à l'idée que tu rentres le soir, je me sens bien, positivement bien. Et puis, à peine es-tu là, à peine ta veste se pose-t-elle sur le dossier d'une chaise que je me sens me raidir, me durcir. Comme pour te signifier que, en ce moment, te faire du bien, ça me fait surtout du mal. Alors je t'en prie, pars quelques jours… » « Mais je vais être honnête avec toi : ne me demande pas de te dire maintenant ce qui va nous arriver ! Je n'en sais rien. Ne m'y oblige pas, parce que là, ce serait plutôt “on arrête”. »

Et là, de sa bouche est sortie une phrase au venin insidieux : « Je t'aime. »

J'ai toujours adoré qu'elle me le dise et, moi-même, je ne me suis jamais privé de le lui dire. Peut-être trop. Jusqu'à faire de la plus belle phrase au monde une suite banale de mots sans saveur. Du niveau « il fait beau » ou « j'ai rapporté le pain ». Niveau zéro, donc.

Pourquoi m'a-t-elle dit « je t'aime », alors que mon incarcération dans la chambre 840, je la vis comme un « je ne t'aime plus » ? À moins qu'elle m'ait dit « je t'aime… », avec des points de suspension. De *ma* suspension.

J'espère juste qu'elle n'a pas fait entrer un remplaçant. Depuis l'histoire des SMS… Un mec l'avait chauffée. J'avais hésité à lui en parler par peur de sa réaction, par peur de la mienne aussi, sans doute, au cas où. « Ça m'a fait du bien de me faire draguer. » Comme pour se justifier, alors que j'avais, honte sur moi, lu en cachette ses messages. « Mais ce n'était pas pour me faire sauter ! Ça, j'en aurais été incapable ! » Bien sûr.

En attendant, malgré ses explications – que je crois sincères –, le doute a mis le pied dans la porte. Et je n'arrive plus à la refermer. Une petite partie de moi a plongé dans une eau troublée. Pas vraiment de la jalousie ou de la paranoïa. Pas encore.

Élodie est jolie, très jolie. Charmante, très charmante. Usée, très usée par nos deux ans de vie commune. Une proie facile, trop facile ?

Mon téléphone n'a pas sonné de la journée. J'ai eu constamment un œil dessus et l'autre sur l'écran de mon ordinateur. Vérifié je ne sais combien de fois qu'il n'était pas sur vibreur et qu'il y avait suffisamment de réseau. Au cas où Élodie aurait décidé de me passer un coup de fil. À l'idée de le manquer, j'étais envahi par un stress aussi fort qu'en entendant ma dentiste, sa fraise à la main, me dire « ouvrez la bouche maintenant ». J'ai relu ses derniers SMS aussi, tellement de fois que je peux les réciter par cœur. « Flo, j'en peux plus de ton putain de divorce qui n'avance pas. Plus de ton putain de boulot encore plus envahissant que ton ex-femme. Plus de ta putain de façon de ne pas savoir me rassurer sur ton envie de construire avec moi. Plus de tes putains de cadeaux pour te faire pardonner et de tes "comprends-moi" ! Putain, quand est-ce que tu vas être celui que tu m'as promis d'être ??? » Si j'avais la réponse, je ne serais pas là, accroché à l'espoir de décrocher dans la seconde où « Élo » s'affichera sur l'écran de mon portable. Mais pas de nouvelles, mauvaise nouvelle. Elle ne m'a pas appelé. A-t-elle oublié, ou l'a-t-elle fait sciemment ? Quel message y a-t-il derrière ce « non-coup de fil » ?

Je ne l'ai pas appelée non plus. Orgueil. Stratégie. Un peu des deux sans doute. Mais elle, pourquoi ? Et le SMS que j'ai reçu en fin de soirée, me l'aurait-elle envoyé si moi je n'en avais pas lancé un comme une sonde dans l'espace quelques minutes avant ?

Ça y est, ça se met à tourner dans ma tête comme un hamster dans sa cage. Extinction des feux.

Il m'est arrivé tellement de tuiles aujourd'hui que j'aurais de quoi refaire une toiture. Alors je n'ai pas pu, je n'ai pas su résister : je l'ai appelée. Au téléphone, mais surtout au secours. J'avais ce besoin vital d'entendre sa voix pour couvrir celle qui, à l'intérieur de moi, m'attirait au fond du trou. Mais en même temps, je m'en voulais de briser ma promesse de lui foutre une paix royale pendant au moins une semaine.

J'ai tenu un peu plus de deux jours. Si cet éloignement était aussi un moyen pour elle de tester ma volonté et ma force de caractère, je ne suis pas sûr d'avoir marqué beaucoup de points. Mais vu où j'en suis, de toute façon…

On a parlé. J'avais la voix qui chevrotait, mais ce n'était pas parce que j'essayais de la faire rire en imitant Julien Clerc. Non, j'étais ému. Tendu. Voix blanche.

« Allô, c'est moi… ça va ? »

Pourvu qu'elle me réponde : « Non, ça va pas du tout, je suis désolée de t'avoir mis dehors… C'était con, ça ne rime à rien. En ce moment, c'est dur entre nous, mais c'est encore plus dur sans toi. Reviens… »

Elle n'a pas vraiment dit ça. Pas du tout, même. Sa voix était neutre, quasi robotique. Je cherchais dans le moindre mot un indice, dans chacune de ses intonations l'expression du fond de sa pensée. Des phrases courtes ? C'est peut-être parce qu'elle est pressée de raccrocher. Elle ne me raconte pas plus que ça, juste ce qu'elle a fait hier soir ? Et si elle avait quelque chose ou quelqu'un à me cacher... Son ton un peu sec ? J'ai compris : elle a déjà décidé. Elle a fait le point et il est final en ce qui me concerne.

C'est ça, le problème, avec moi : j'ai tendance à voir le mal partout, même chez ceux qui me veulent du bien. Et elle m'en veut, sinon elle serait déjà partie depuis longtemps. Elle me l'a confirmé.

Ses phrases courtes, c'est peut-être parce qu'elle aussi pèse ses mots. Ne pas me mentir, et surtout ne pas *se* mentir. Elle doit sentir que j'ai besoin d'un vrai réconfort, mais elle ne veut pas me donner de faux espoirs. Et son ton sec, c'est tout simplement sa cuirasse. Je la connais. Elle est du genre « même pas mal », qui ne laisse rien transpirer de ses souffrances.

Ça se bousculait dans ma tête, un véritable bordel désorganisé, j'écoutais sans écouter ses réponses banales à mes questions bateau.

« Thom va bien ? »

Son fils que j'ai élevé comme le mien quand elle a mis son ex à la porte. Vireuse en série.

« Oui, il a demandé de tes nouvelles.

– Ah bon ? Et tu lui as dit quoi ?

– Rien...

– Ah, OK. Et sinon... »

Silence.

« Sinon quoi ? »

Je n'ai pas pu m'en empêcher et pourtant je savais qu'il ne fallait pas. Je me l'étais encore répété juste avant de composer son numéro. Cette phrase, tu l'oublies ! J'ai oublié de l'oublier. Par émotion. Ou peut-être par masochisme, car je savais déjà ce qu'elle déclencherait.

« Qu'est-ce qui se passe à la fin de la semaine ? »

Hiroshima mon amour dans le combiné.

« Putain, Flo ! Tu m'annonces que tu t'éloignes une semaine pour que je puisse prendre du recul sur nous, et au bout de deux jours, à peine, tu es déjà en train de me demander de te donner une réponse sur notre histoire. Je ne sais pas et je ne sais pas si je saurai à la fin de cette semaine ! »

– Même pas un peu ?

– Je te dis que je-ne-sais-pas ! Tu comprends ça ? Je-ne-sais-pas !!! »

Chacun de ses mots était assené comme un uppercut dans cet espoir que j'avais caressé mais qui finalement était en train de me lacérer. Cet appel était vraiment la pire idée de l'histoire des mauvaises idées, et après la question qu'il ne fallait pas poser, mesdames et messieurs, *ladies and gentlemen*, la réaction qu'il ne fallait pas avoir…

« Bon ben, c'est clair… Bonne soirée ! »

J'ai raccroché. À moins que ce ne soit elle. Je me sentais mieux. Et en même temps je me sentais mal d'être aussi accro à elle. D'être accro aux autres, en fait. Le drame, dans ma vie, c'est que ce qui compte le plus pour moi, ce n'est pas ce que *je* pense, mais ce qu'*ils* en pensent. Là où ça devient problématique, ou plutôt pathétique, c'est quand les autres le sentent et jouent avec mon addiction.

Elle n'était pas de ceux-là. C'est aussi pour ça que je voulais tout faire pour que, elle et moi, ça continue de faire nous. Je m'y prenais peut-être trop tard.

Extinction des feux. Pas de sa flamme, j'espère.

Je n'ai eu aucun mal à me réveiller ce matin. Peut-être parce que je n'ai pas dormi. Pourtant, avec ce boulot de matinalier à la radio, je commence à piquer du nez et à envisager l'oreiller très tôt dans la soirée. Une fois, je me suis même endormi à table pendant un dîner à la maison. Comme je l'avais dit à Élodie dans une dernière pirouette gênée avant de laisser nos invités en plan : « Heureusement que tu n'avais pas fait de la soupe, sinon je serais peut-être mort noyé ! » Morphée, cette fois, avait eu beau me tendre ses bras, impossible de les rejoindre. Et le fait qu'ils soient masculins – je le rappelle pour ceux qui sont aussi doués en mythologie que moi en vie de couple – n'y était pour rien. Les seuls dans lesquels j'avais envie de m'abandonner étaient justement ceux qui m'empêchaient de le faire. Ironie de mon triste sort. J'ai tourné, viré dans ce lit en 140, mis ma tête sur l'oreiller, dans l'oreiller, viré l'oreiller, allumé la télé sur une chaîne d'infos, rien n'y a fait : j'étais en boucle, comme elle. À ressasser et me repasser notre échange téléphonique. En mode couteau dans la plaie, évidemment, car, qu'en tirer de positif ? Rien. Mon impatience légendaire m'a une nouvelle fois joué des tours. Avec la complicité de mon orgueil et de mon narcissisme. Cet « égosystème » dans lequel Élodie a fini par se faner. J'avais pourtant réussi à y planter les graines d'une belle histoire, je l'avais plantée en beauté.

Le réveil a fini par sonner, aussi inutile que cette nuit blanche. Une douche rapide, brûlante, ce qui a eu le gros avantage de recouvrir le miroir de la salle de bains de buée, m'évitant la vision de ma tête décatie. Et puis j'ai enfourché mon scooter direction la radio. Un mauvais café à la machine, trop long, trop sucré, pour me donner la force de faire semblant. Pas le choix. Mon boulot à la radio, c'est de réveiller les gens dans la bonne humeur, et que la mienne soit mauvaise est le cadet de leurs soucis. Les leurs sont sans doute bien plus grands que mon petit chagrin d'amour de quadra parisien CSP + pourri gâté. Même si, au moment où je lance un « Bonjour ! Bon réveil ! » dans un sourire forcé, je suis persuadé que ma souffrance est largement supérieure à toute forme de cancer, plan social ou autre famine dans le monde. Quand la lucidité reviendra de ses vacances imposées, je changerai sans doute d'avis.

Le premier disque part, il est 6 h 4.

« Ça va, Flo ? » me demande Bruno. Bruno, c'est mon co-animateur.

« Pourquoi ça n'irait pas ? »

Je me suis fait une grande spécialité de répondre à une question par une autre question. Une sorte de réflexe maladif qui me permet d'esquiver une réponse que je n'ai pas envie de donner ou, pire, que je n'ai pas. Enfin, que je pense ne pas avoir alors que je l'ai sans doute. Bref.

« Je sais pas, mais depuis quelques jours, t'as pas l'air bien. Dès que t'éteins le rouge de ton micro, j'ai l'impression que t'es plus avec nous…

– Non, non, je te jure, tout va bien. »

Commencer une phrase ainsi signifie évidemment, dans mon cas, que je vais dire l'exacte contrevérité. C'est pour ça que je le jure ! Et je ne crois pas être un cas isolé. Un homme acculé par sa femme et qui lui assène « je te jure, c'est pas ce que tu crois » sait très bien que si, c'est justement ce qu'elle croit. Et que celui qui affirme le contraire me jette la première capote qu'il a planquée dans son portefeuille.

« Je suis un peu crevé en ce moment, ça doit être le changement d'heure, ça me fait ça chaque année…

– OK, mais si jamais y a autre chose, tu sais que je suis là…

– C'est gentil, mais t'inquiète pas. Au fait, t'as eu la réponse pour ton prêt ? »

Allez, c'est ça, noyons gaiement le poisson en parlant d'autre chose, si possible d'un sujet qui tient à cœur à mon interlocuteur. Tant qu'on parle de lui, on ne parle pas de moi. Mais je ne suis pas dupe. Quatre saisons à passer trois heures du lundi au vendredi dans un petit studio radio ont attisé notre olfaction émotionnelle. Il me sent comme personne. Et c'est réciproque. Mon cas reviendra vite sur le tapis, je suis en miettes et pas la peine de les planquer en dessous, il le soulèvera tôt ou tard. Il est 9 heures, l'émission tire à sa fin. Comme d'habitude depuis mon « expulsion », j'ai joué à faire semblant. Alors que le dernier disque, Rihanna je crois, se termine, je range mes affaires. À la va-vite. J'en fais tomber mon stylo. En le ramassant, j'en profite pour vérifier. C'est bon, mon moral est au même niveau que lui. Au plus bas. Extinction du micro.

Je ne m'éternise pas à la radio. Je suis vidé par ma nuit sans sommeil et mes efforts pour trouver des vannes alors que j'ai autant envie de rire que de me faire arracher les dents de sagesse sans anesthésie. Ceci dit, je devrais peut-être... La sagesse, pour ce qu'elle m'a servi jusqu'ici... Il faudrait que je dorme un peu. Je traverse Paris, il fait doux, il fait beau, je me surprends à esquisser un sourire sous mon casque. Éphémère. Je passe devant ce bistro où elle prenait un Kir et moi un verre de Minuty, devant ce boulanger où j'allais lui chercher sa religieuse au café, ce tabac où en achetant ses Marlboro light, on prenait un ticket à gratter, elle Lion, moi Capricorne, encore perdu... Tout me ramène à elle et finit par me ramener chez nous. Perdu dans mes pensées, je me suis machinalement arrêté devant notre immeuble. Chassez le naturel, il revient à moto. Je lève la tête vers le troisième étage. La fenêtre du salon est ouverte, elle n'a pas dû encore partir bosser. Qu'est-ce que je fais ? Je monte, jouant l'erreur, amusé ?

« Je rentrais de la radio, je pensais à je-sais-pas-quoi... enfin si, je sais, mais bref. Et devine quoi ? Sans faire exprès, je suis revenu ici. C'est marrant, non ? Tu m'offres un café ? On fait l'amour ? »

Alerte mauvaise idée. J'ai déjà donné avec ce fameux coup de fil hier. Si je veux espérer la retrouver, je vais peut-être éviter de tourner à la moyenne d'une connerie par jour. Je redémarre en priant pour qu'elle ne se précipite pas à la fenêtre, elle connaît par cœur le bruit de mon scooter. Et puis, après tout, si elle m'aperçoit, ce sera peut-être une bonne chose, elle va se dire… Qu'est-ce qu'elle va se dire ? Je n'en sais rien, en fait. Je m'aperçois que plus j'essaye de la comprendre, moins j'y parviens. Je repars. De toute façon, on va vite se croiser. J'ai un autre lieu de travail en journée et, manque de chance, elle a le même.

C'est la première fois que je retourne au bureau depuis le jour « J » comme « Jeté de chez elle ». Mon statut dans la boîte – actionnaire –, et mon activité – directeur artistique –, m'octroient une certaine souplesse sur mes horaires. Quelques faux rendez-vous extérieurs et des pseudo-besoins de m'isoler pour écrire un nouveau projet ont suffi pour que je n'aie pas à m'y rendre sans que quiconque ne s'en offusque. Personne n'est évidemment au courant de la situation. À part une employée. Celle, justement, qui l'avait causée. Et Élodie n'était pas du genre à s'épancher. Elle n'avait jamais mélangé vies privée et professionnelle. À l'exception d'une fois, il y a trois ans, dans une loge où elle m'avait plaqué au mur avant de m'embrasser avec fougue. Point de départ de cette histoire qui avait commencé il y a bien longtemps…

Il était une fois un ni prince ni charmant, moi, désespérément triste dans son couple. Sa bien-aimée, enfin sa mal aimée, du coup, lui menait une vie infernale, mais lui, par manque de courage, peur de partir, culpabilité de rendre malheureux ses deux chérubins, n'osait pas monter sur son ni cheval ni blanc pour s'évader de cet enfer conjugal. Malheureux comme une pierre, il dépérissait, remplissant de travail son vide affectif. Il était alors une fois aussi une ni princesse mais charmante, Élodie, désespérément triste dans son couple. Son bien-aimé à elle en avait fait une bien trompée alors qu'ils venaient tout juste d'avoir leur premier enfant. Elle l'avait mis à la porte du palais, ignorant alors qu'elle vivrait un *bis repetita*. Pas les mêmes motifs mais la même punition. Effondrée d'avoir dû chanter « Un jour mon prince viendra... récupérer ses affaires », elle envisageait sérieusement de faire son solde de tout conte de fées. Et puis le ni prince et la ni princesse se croisèrent, pas du tout par hasard, et se dirent que peut-être l'amour pouvait être arithmétique : malheur × malheur = bonheur. Ils ne se marièrent pas, de toute façon ils n'étaient pas encore divorcés, et n'eurent aucun enfant, ils en avaient déjà trois en cumulé et leur château affichait à peine soixante mètres carrés. Pause. En fait, je n'ai pas encore assez rembobiné. Élodie, je l'ai connue bien avant, j'avais été engagé pour animer une émission à l'heure du déjeuner et on m'avait collé dans les pattes une réalisatrice qui n'avait jamais réalisé. Vous devinez qui... Pour la chambrer, je lui disais qu'elle faisait tellement de pains à l'antenne (des ratés, en jargon radio) qu'elle avait dû être boulangère dans une vie antérieure. Ça ne la faisait pas rire. À vrai dire, moi non plus, car cette émission était un gros enjeu pour moi. Je m'en étais plaint au patron de la radio, elle en avait eu vent, ça avait installé un climat arctique entre nous. Et puis les jours passant, ses erreurs se gommant, une attirance naissant – réciproque, m'avoua-t-elle bien plus tard –, il y eut une sorte de réchauffement climatique.

Mais sans rentrer non plus dans des zones tropicales : elle avait quelqu'un, moi aussi, et chacun de nous, sur le menu « couple », avait coché la case « fidélité ». Et nous étions sur la même longueur d'onde : *no zob in job*. Pas amants, non, mais confidents, oui. Le temps que nous passions avant et après les émissions, nous l'occupions aussi à nous raconter nos vies.

« Tu sais, mon mec, il me considère comme un meuble. Si encore c'était le lit. Mais il préfère honorer sa télé que sa fiancée…

– Moi, c'est pas mieux : mon couple va droit dans le mur, on le sait mais on ne fait plus rien pour l'éviter. On verra bien si les airbags fonctionnent… »

Ce fut le cas quelques mois plus tard, et elle fut la première sur la scène de l'accident. Elle m'avait alors soutenu à bout de ses bras pourtant frêles. Je n'étais pas désespéré, plutôt déstabilisé. Je devais repartir de zéro, trouver un appartement, l'assurer, l'équiper, l'aménager, me coltiner l'incontournable visite chez Ikea. Tout me semblait un Everest que j'abordais en tongs. J'avais été mal habitué. Assisté permanent. Maman, puis ma femme, et maintenant Élodie. Et puis, ce que j'avais « osé faire » à mes enfants en quittant leur mère, comme me le rappelait régulièrement la mienne, je le vivais mal. C'est vrai, j'avais pensé à moi avant de penser à eux, ils n'avaient pas eu leur mot à dire. Mais les enfants sont des éponges et les nôtres absorbaient à temps plein ce concentré d'acide qu'était devenu notre couple.

Dans les premiers temps, j'avais couché *chez* Élodie. En attendant que ce soit *avec*. Ce n'était vraiment pas d'actualité : elle était enceinte et future mariée. C'est donc le ventre joliment arrondi sous sa robe d'organza blanche que je l'ai vue s'avancer vers l'autel, l'annulaire encore vierge, le visage solennel, avec juste un petit sourire furtif en passant devant moi. Son ami, son boss, son témoin. La vie a de sacrés auteurs pour nous pondre des scenarii qu'on trouverait *too much* au cinéma. La réalité dépasse la fiction et en plus elle lui fait une queue de poisson. Témoin, je le fus aussi de la suite, moins radieuse. L'enfant puis l'affront. Son mari courait tous les jours. Et certains jours les jupons. À mon tour, je l'ai ramassée à la petite cuillère. Comme celle avec laquelle je touille nerveusement mon café en rejoignant mon bureau. Pas moyen d'éviter de passer devant le sien. Mais j'ai calculé mon coup, à cette heure-là, Élodie doit être partie déjeuner avec sa meilleure collègue et amie Coralie. Note à moi-même : passer voir ladite Coralie pour glaner quelques informations au cas où, et je n'ai pas l'ombre d'un doute là-dessus, elle lui aurait parlé de notre situation de couple plus vraiment ensemble.

J'avance doucement. Ce n'est pas du parquet flottant que j'ai sous les pieds mais de la braise incandescente. Et pas de chance, je n'ai aucune formation de fakir. Je longe les baies vitrées des bureaux obturées par des persiennes. Les siennes sont closes mais la porte, elle, est entrouverte. Si ça se trouve, elle est là, elle a un dossier à boucler en urgence et a fait l'impasse sur son repas. Je n'ai aucune envie de la croiser, pas même son regard. En fait si, j'en crève d'envie. Ou pas. « Je ne sais pas, je ne sais plus, je suis perdu. » Dans ma tête, c'est le big bazar mais sans Michel Fugain. Pas le temps de réfléchir. Si elle est dans son bureau, elle peut donc aussi en sortir. Je fais quoi, moi, si je me retrouve nez à nez avec elle ? On s'embrasse sur la joue ? Sur la bouche ? On ne fait rien ? Panique à bord, je prends mon téléphone dans ma poche et le colle contre mon oreille.

« Oui, Michel, le mieux, c'est qu'on fasse un point en fin d'après-midi, comme ça, on écoutera la musique pour le générique et on validera la version def'. Ça te va ? »

Évidemment, il n'y a personne à l'autre bout du fil. Michel existe bien, c'est l'autre DA de la boîte. Je continue la conversation en marchant d'un pas décidé. Décidé à passer le plus vite possible devant le bureau d'Élodie, l'air occupé par cet appel fantôme. Je frôle le ridicule. Non, à bien y réfléchir, je l'ai percuté de plein fouet.

« Ce soir ? »

Ça y est, je suis pile au niveau de la porte du bureau d'Élodie.

« Non, désolé, je ne peux pas, je suis crevé en ce moment, j'ai dû choper un truc, il paraît qu'il y a des virus qui traînent… »

Tout ça dit d'une voix un peu plus forte. But de la manœuvre : envoyer le message que je ne suis pas en grande forme, jouer la carte de l'apitoiement, voire de la culpabilité. Je la connais, elle saura que la cause de ce coup de mou n'est pas virale, qu'elle est ailleurs. Et forcément elle me téléphonera pour prendre des nouvelles. Je ne répondrai pas, bien sûr. Alors elle laissera un message que j'écouterai une fois, dix fois, cent fois, comme un camé en manque de sa dose d'Élodie. Voilà exactement ce qui ne se produira pas : son bureau est vide. Suis-je soulagé ou déçu ? Les deux. Peu importe, je me glisse dans le mien en prenant bien soin de refermer la porte. Ce lieu n'a rien d'exceptionnel, du grand classique, une table en bois mélaminé beige qu'égaye un iMac, des étagères remplies d'un arc-en-ciel de chemises en carton, des maquettes poussiéreuses de décor d'émissions, une poubelle pour tenter des boulettes de papier à trois points, une chaîne hi-fi et sa pile de CD dont certains même pas déballés. Seule petite touche personnelle, un Goldorak en métal, un Iron Man articulé et une peluche du Mogwai des *Gremlins* qui se tiennent compagnie. Je me demande s'ils ont encore des choses à se raconter depuis sept ans qu'ils sont là. Sept ans que ces dix mètres carrés me servent de résidence secondaire la journée. Je n'ai jamais vraiment fait le calcul, d'autres sur le ton du reproche l'ont fait pour moi, mais j'y ai passé plus de temps que chez moi. À écrire, à réfléchir, à discuter, à « réunionner » sur le canapé, à dormir, même. Le travail est pire qu'une maîtresse, il ne respecte rien, ni l'intimité, ni la discrétion, ni les limites du raisonnable, il vous fait faire des promesses qu'il vous empêche de tenir, il vous baise et vous le laissez faire. Il est vicieux, il vous donne l'illusion que vous le contrôlez, mais c'est lui qui vous contrôle. Combien de fois m'a-t-il fait rentrer plus tard, le fameux « je pars dans cinq minutes » auquel j'ajoutais un zéro avant de me décider à partir ? Combien de fois m'a-t-il valu des « ça ne peut pas attendre demain ? » et autres « tu ne m'écoutes pas. Qu'est-ce que je viens de dire, Flo ? Flo ? Flo ? Oh oh !!! »

Absorbé dans mes pensées, je n'ai pas entendu la porte s'ouvrir et encore moins vu sa tête blonde apparaître. Élodie !

« Flo ? Je peux te parler deux secondes ?

– Euh… c'est ce que tu fais déjà, non ?

– Si tu veux, tu peux venir à l'appart ce week-end.

– Sérieux ? Mais tu seras là ?

– Non, je pars chez mes parents. Comme ça, tu pourras prendre des affaires, si tu en as besoin. Tu sais où tu dors la semaine prochaine ?

– Oui, oui, t'inquiète…

– Justement, je m'inquiète. Tu n'avais pas l'air bien, l'autre soir, au téléphone… »

J'ai failli me fendre d'un sarcastique « C'est vrai, mais comme tu es très perspicace, tu dois deviner pourquoi… » que j'ai intercepté juste avant sa sortie de ma bouche.

« Et désolée si je me suis emportée, mais c'est pas facile pour moi non plus… Flo, viens là s'il te plaît… »

J'ai obéi et me suis avancé vers elle d'un pas hésitant. Elle aussi. Elle m'a pris dans ses bras comme un enfant qu'on console. Ma tête s'est engloutie dans son épaule, mon nez s'est enivré une fois encore de son parfum. Je l'ai regardée les yeux dans les yeux, les siens étaient humides, je crois, les miens pas beaucoup mieux. Et elle m'a embrassé. Pas de ces baisers bâclés, comme ceux qu'on avait fini par se faire mécaniquement au quotidien. Non, un vrai baiser, celui qui se fait autant avec la bouche qu'avec le cœur, ses lèvres appuyées contre les miennes, comme si l'on essayait de se coller. De se recoller. Juste le temps de ce baiser, car rien n'est réglé. Je voulais reculer quand elle a approché ses lèvres des miennes mais, aimanté, je n'ai pas pu résister. Quand elle a mis sa main dans mes cheveux et susurré : « Pardon de te faire autant de mal », tout a lâché en moi. Je ne voulais surtout pas craquer, ne pas la mettre mal à l'aise. À quoi cela servirait si Élodie, se sentant coupable, décidait une fois de plus de se faire passer *après* ? Après moi et ma petite déprime minable et égoïste. Ce serait reculer pour mieux se quitter. Alors j'ai coupé court. Avant de devenir pathétique, je lui ai demandé de s'en aller. Je l'ai regardée partir, ne perdant rien du mouvement de ses cheveux blonds, de l'ondulation de son corps. Comme on regarde un coucher de soleil jusqu'au dernier rayon, celui que la nuit vient avaler. Elle est mon soleil. Elle ne brille plus sur moi.

C'est ma dernière nuit ici. Demain soir, je serai de retour chez nous. Comme prévu, elle ne sera pas là et c'est pour ça que je pourrai y être. Comme une partie de cache-cache, après des mois à jouer à « gâche-gâche ». Ça va me faire tout drôle de quitter ma chambre 840. Je crois même que je vais immortaliser avec mon mobile cet immonde tableau qui essaye comme il peut d'égayer la déco. Au passage, j'ai remarqué que l'auteur de cette « merveille » a sévi un peu partout dans l'hôtel. On expose où l'on peut. Certains sont au Louvre, lui est à l'Ibis. C'est déjà ça. Même si je ne peux m'empêcher de penser que la présence de ce peintre dans ma chambre n'est pas uniquement artistique. Avec un tel rapport qualité-quantité-prix, il a dû gagner l'appel d'offres « tableau » comme d'autres ont remporté « lavabo » ou « couvre-lit ». Quoi qu'il arrive maintenant, même si Élodie me demande une rallonge d'éloignement, j'ai une chance sur 840 chambres de revenir ici. Je me vois mal exiger à la réception de retourner dans la 840, comme d'autres réclament la suite Marcel Proust au Grand Hôtel de Cabourg. Si j'avais le choix, je préférerais ne pas avoir à fouler à nouveau la moquette marronnasse de l'Ibis. Ça voudrait dire beaucoup de bonnes choses pour mon avenir proche et même lointain. Je n'en suis pas encore là, même si, dans ma petite tête, une lueur d'espoir naïve est revenue depuis ce baiser dans mon bureau. Et si en rentrant de ce week-end elle me proposait de rester ? Je n'ai pas dit de *revenir*, ma lueur est naïve mais pas stupide. Rien n'aura changé dimanche soir à son retour, d'autant plus que les grandes vacances sont dans une semaine. Le calendrier joue contre moi. Élodie n'aura plus la tracasserie coupable de me savoir à la rue puisque je descends en Camargue chez mes parents, elle le sait. Et elle pourra décider de ne rien décider sauf de profiter de juillet-août pour souffler. Le chaud ou le froid ? On verra, mais j'ai bien peur que si la rentrée était un film, ce soit *L'Été meurtrier*.

Après avoir pris une douche brûlante pendant de longues minutes – désolé pour la planète, mais mes priorités du moment ne sont pas écologiques –, je me suis enroulé dans le drap de bain comme dans un cocon. Besoin de compenser le manque de ses bras. C'est sans doute pour ça aussi que je me surprends à m'endormir en position fœtale depuis mon arrivée à l'hôtel. Me replier sur moi-même façon origami pour me faire tout petit, le plus petit possible, compressé comme un César, jusqu'à espérer disparaître. La glace de la salle de bains est couverte de buée. J'y dessine un cœur aussitôt effacé d'un revers de la main. Je déteste être aussi faible. Je me dégoûte à m'apitoyer sur mon sort, Calimero, sors de ce corps, je me désole à repenser à ce baiser. Et pourtant je le fais non-stop depuis qu'elle est sortie de mon bureau cet après-midi. Il a suffi qu'elle m'embrasse pour que des papillons envahissent mon ventre et viennent chasser mon cafard. Effet de courte durée, car en quelques secondes ces papillons étaient épinglés sur le mur de mon incompréhension. Pourquoi m'a-t-elle embrassé ? Peut-être se sent-elle coupable de m'avoir éjecté sans sommation ? Peut-être regrette-t-elle déjà de l'avoir fait mais par fierté ne peut se résoudre à l'avouer ? Peut-être a-t-elle eu un mauvais réflexe conditionné par toutes ces années où elle venait voler un baiser alors que je travaillais ? Peut-être est-ce le baiser de la mort de notre histoire ? Peut-être est-ce un autre « peut-être » que je n'imagine pas ? Ou peut-être n'y a-t-il tout simplement pas d'explication ? La seule certitude, c'est que j'étais déjà paumé et que ce baiser n'a rien arrangé. Alors, pour me vider la tête de ces questions sans réponses, j'ai essayé de vider la partie la plus animale de mon corps. J'ai ouvert un site porno, cliqué sur la première vidéo venue, une blonde à la vulgarité toute californienne, poitrine démesurée et lèvres botoxées, que chevauchait dans un rodéo torride un concentré de muscles exagérant sans aucune finesse un orgasme de pacotille. Érectionogramme plat. Ça ne m'a fait ni chaud ni froid. Après quelques minutes pitoyables, ma main droite et moi-même avons pris la décision la plus raisonnable : stopper cette mascarade. Élodie m'a quitté, ma libido aussi, ça commence à faire beaucoup. J'espère qu'au moins une des deux reviendra. Et si possible, en priorité, la première. Je me repasse une dernière fois les images de ce baiser. Je m'accroche à lui comme un alpiniste à une prise dans une face verticale. Lui, c'est pour continuer à monter, moi pour éviter la chute. Extinction des feux.

« Bonjour, c'est pour le check-out…

– Ça y est, finie la semaine de boulot, vous rentrez chez vous ? Et vous repartez où ?

– À cinq cents mètres d'ici ! »

La réceptionniste éclate de rire.

« Alors ça, c'est drôle, on ne me l'avait jamais faite celle-là ! »

Moi non plus, on ne m'avait jamais poussé à dormir une semaine à l'hôtel à quelques encablures d'un appartement dont je paye le loyer.

« C'est pas drôle, c'est juste vrai…

– Ah ! vous avez sans doute fait des travaux chez vous…

– On va dire ça. Mais le chantier est loin d'être terminé !

– Comment ça ?

– Rien, rien. Combien je vous dois ?

– Six nuits petit déjeuner compris, ça nous fait un total de 918 euros. »

Je tends ma carte bancaire, tape machinalement mon code et engouffre la facture dans ma poche.

« Vous voulez notre carte de fidélité ? Chaque nuit dans un hôtel du groupe vous rapporte des points cumulables. Rien qu'avec vos six nuits, vous avez déjà deux cents points !

– Et j'ai quoi, avec deux cents points ?

– Un petit déjeuner offert à votre prochaine visite !

– Ne le prenez pas mal, mais j'espère vraiment ne pas avoir à revenir… »

En disant ça, je réalise qu'après le samedi-dimanche dans l'appartement, j'aurai encore deux nuits à passer avant mon grand départ estival pour la Camargue. Mais je rêve tellement qu'elle me propose de rester en rentrant de chez ses parents, après notre baiser inattendu et le week-end ayant porté conseil, que je n'imagine pas une autre éventualité. C'est pourtant la plus probable. Après tout, ça ne me coûte rien de prévoir deux nuits supplémentaires à l'hôtel, je pourrais toujours les annuler au dernier moment. Mais par superstition à la con, je me dis que les réserver conduirait à ce que je doive les honorer. On verra bien à quelle sauce je serai mangé dimanche soir. Au pire, je reviendrai la queue entre les jambes. Et tant pis, je le payerai, ce petit déjeuner.

« Écoutez, si vous changez d'avis, vous pouvez faire la carte directement sur notre site Internet.

– Allez, on est samedi, je ne suis pas à deux minutes près, faites-la-moi, cette carte. »

La réceptionniste entre mes coordonnées et me tend ce petit rectangle de plastique aux couleurs d'Ibis.

« Je vous ai crédité cinquante points de plus ! », ajoute-t-elle dans un grand sourire.

Je sors de l'hôtel, il fait beau, j'entends les pigeons roucouler, c'est leur saison des amours, ils ont bien de la chance.

En rejoignant mon scooter, je croise une poubelle à qui j'offre ma carte et ce fameux petit déjeuner.

Quelques minutes plus tard, j'arrive à notre – enfin, son – appartement. Ironie de mon sort, il est situé dans une impasse. Je m'arrête devant l'immeuble, histoire de vérifier que la voie, même sans issue, est libre. C'est bon, je n'aperçois pas sa voiture, elle est déjà en route pour le Vexin, où habitent ses parents. Ils m'aiment bien, espérons que dans cette élégante bâtisse bourgeoise du dix-neuvième siècle où elle a grandi et où ils vont la dorloter, ils sauront entre deux barbecues arrosés de rosé corse lui faire entendre la polyphonie de la raison. J'aurais pu les appeler, j'aurais peut-être dû leur exposer la situation, mais j'ai eu peur qu'elle l'apprenne et m'en veuille d'avoir mêlé ses parents à ça. Qu'en voulant bien faire, j'aie au final fait pire. Je marche déjà sur des œufs, si je pouvais éviter d'en faire une omelette de complications supplémentaires. J'entre dans l'immeuble et je sens aussitôt cette odeur mêlée de vieilles pierres, d'humidité et de cire du parquet. Le charme de l'ancien, comme ils disent dans les annonces immobilières. J'emprunte l'escalier recouvert d'une langue de moquette rouge élimée que fixe à chaque marche une barre dorée. Plus je monte, plus j'ai de mal à respirer. Pourtant, à six mètres d'altitude, je ne suis pas censé manquer d'oxygène. Je sens ma gorge se serrer, mon cœur battre à un rythme soirée techno comme si entrer dans cet appartement revenait à sauter à l'élastique. Sans l'assurance d'en avoir au pied. Chaque marche me paraît plus haute que la précédente. Encore une et me voilà au pied de la porte, juste devant ce paillasson qui se fout de moi avec son inscription : « Bienvenue ». Pas sûr du tout. Je glisse la clé dans la serrure, je la tourne, et ça y est, m'apparaît le couloir. Rien n'a changé.

C'est vrai que je ne suis parti que depuis une semaine, même si elle m'a semblé une éternité. J'avance doucement, c'est très étrange, j'ai l'impression d'être en train de cambrioler mon propre appartement. À ma droite, la salle de bains, où j'aperçois mon rasoir et ma brosse à dents. C'est stupide, mais ça me rassure qu'elle n'ait pas effacé toutes traces de moi. Ce qui se confirme dans la cuisine : la photo de nous deux *so in love in London* est toujours sur la porte du frigo. Pourquoi l'y a-t-elle laissée ? Voilà la machine infernale à questions qui se remet en route. Je la stoppe immédiatement : sans doute parce que depuis le temps qu'elle est posée là, elle ne s'aperçoit même plus qu'elle y est. La force de l'habitude. Ou plutôt la faiblesse. C'est ça aussi qui a dû peser dans sa décision de me mettre à la porte. Le ras-le-bol de cette vie devenue au fil du temps tellement monocorde qu'elle avait envie de se pendre avec. Non-assistance à chérie en danger. Moi, c'était tout pour ma radio, ma télé, ma carrière, ma gueule, l'intendance suivra. Sauf que l'intendance, elle ne suit plus. Un pull en cachemire par-ci, un week-end à Rome par-là, je croyais que ça suffisait à acheter la paix sociale et calmer ses revendications de plus d'attention, de plus de considération, de plus de moi, en fait. J'avais fini par en faire aussi mon assistante dans notre vie privée. Le pire, c'est que j'en étais conscient sans pour autant faire quoi que ce soit pour rectifier le tir. Je me disais que faisant le même métier, elle accepterait plus facilement mon sens très égocentré des priorités, qu'elle croirait à mes « promis, je vais faire attention », à mes « je fais ça pour toi et Thomas ». Elle y a cru, en tout cas, moi, j'ai cru qu'elle y croyait. Enfin, si je suis vraiment honnête avec moi-même, je me suis surtout *persuadé* qu'elle y croyait. Jouer sur les mots, ça fait partie de mon boulot, mais là ce n'est plus un jeu, c'est ma vie qui est en train de se retourner contre moi. Pendant que je suis perdu dans mes pensées, je ne vois pas que le café que je suis en train de me préparer a débordé. J'arrache un bout d'essuie-tout du rouleau. Le café, c'est plus facile à éponger que mes regrets. Extinction de la cafetière.

Ça fait deux heures que je suis dans le salon, avachi sur ce canapé aubergine, selon moi, lie de vin, selon elle ; un des rares sujets sur lesquels nous nous écharpions pour la blague quand elle m'a proposé d'emménager chez elle. J'étais à cette époque dans un petit meublé temporaire dans le dix-septième arrondissement, un temporaire qui avait fini par durer alors que j'étais encore embourbé dans mon divorce. Ma première femme vivait dans le Sud avec mes enfants dont elle avait voulu et obtenu la garde, moi, je m'étais installé à Paris par obligation professionnelle. Ce choix de vie, nous l'avions fait ensemble, c'était deux ans avant le point final de notre histoire, mais, avec le recul, c'était déjà une séparation qui ne voulait pas dire son nom, par manque de courage ou par faux espoir que les choses s'arrangent alors qu'on savait déjà que ce ne serait pas le cas. En amour aussi, l'acharnement thérapeutique a ses limites. Une fois la rupture décidée et consommée, je n'avais pas d'autre choix que de rester dans cet immeuble qui a participé à défigurer Paris à l'ère pompidolienne. Les années 1970 ont eu du bon musicalement, sexuellement, économiquement, mais architecturalement, il y aurait à redire. Cet immeuble était à l'image de mon couple : il avait mal vieilli. Papier peint coquille d'œuf mais ayant dépassé la DLC, lino mauvaise imitation carrelage dans le salon et Formica dans la cuisine avec vue sur rien qu'on n'ait vraiment envie de voir. Par habitude, on se fait à tout, donc je m'étais fait à l'appartement. J'y avais mis la fameuse touche personnelle, une affiche de mon film culte *Les Dents de la mer*, un pouf géant anthracite où je m'enfonçais comme dans des sables mouvants, et un vélo d'intérieur, histoire de garder la ligne plus vraiment droite puisque je me nourrissais en majorité de plats concoctés officiellement par un grand chef, officieusement – vu le goût – par des gens qui cuisinaient encore moins bien que moi. Bien emballés mais pas très emballant. À nouveau célibataire avec mes enfants un week-end sur deux, j'aurais dû migrer ailleurs. Mais j'avais eu la flemme, je me faisais une montagne de remplir quinze cartons et de vider ces vingt-cinq mètres carrés. J'expérimentais ce que j'avais lu je ne sais où : le déménagement serait la troisième plus grande cause de stress chez les Français. Il avait fallu Élodie et mon envie folle d'être au plus près d'elle pour que je me mette un coup de pied au cul qui m'avait fait décoller du dix-septième pour atterrir dans le quinzième. Son sens de l'organisation, aussi. Pratique de vivre avec son assistante, finalement. J'avais ajouté à ses attributions celle de gérer tout, du déménageur à l'état des lieux de sortie en passant par le garde-meuble pour ce qu'on ne pouvait pas recaser chez elle. Elle l'avait fait de bon cœur, par amour de son boulot et de son patron. Et c'est comme ça qu'aux prémices de notre histoire – vite, très vite, trop vite ? –, nous avions géographiquement fusionné. J'avais gagné au change : un appartement plus grand, plus charmant, et sa présence, au-delà des moulures et du parquet ancien, y étaient pour beaucoup. J'entrai alors véritablement dans sa vie, et elle devenait mienne, nôtre. Cela incluait son fils, que je décrétais mien au début, pour lui plaire je le concède, mais qui avait fini par me faire craquer aussi. Blond comme elle, aux yeux bleus comme elle, avec un sacré caractère. Comme elle. Par l'addition de mes histoires, je me retrouvais père de trois enfants. Ah ! la paternité, vaste sujet qui n'est pas ma priorité du moment, j'avoue et je l'assume. Seul dans ce salon où tout me rappelle l'absence d'Élodie, ce tableau couvert de papillons que je lui avais offert, sa collection de disques de Prince, et surtout son parfum qui imprègne ces coussins que je sniffe, encore addict, toujours addict. Me désintoxiquer n'est pas une option, laissez-moi plonger. Apnée amoureuse. Toucher le fond pour peut-être toucher son cœur, remonter ensemble à la surface et sortir la tête de cette eau trouble.

À propos d'eau, si j'allais me faire couler un bain ? Faut bien que je m'occupe, moi qui n'ai plus l'habitude de passer un week-end seul. La dernière fois, ça devait être au siècle dernier, quand je n'avais ni femme, ni enfants, ni les deux en même temps. Sans doute même étais-je encore chez mes parents puisque sur le Monopoly de ma vie, je suis passé directement de la case « Départ » à celle de « Rue de Paradis ». Enfin, pas vraiment, puisque emménager chez ma première femme a fini par virer à l'enfer. Mes parents habitaient dans une zone pavillonnaire à l'américaine à quarante kilomètres au sud de Paris. Une réserve pour pilotes Air France, chirurgiens-dentistes et autres patrons de PME, loin des cités avoisinantes et angoissantes. Un apartheid à quatre mille euros le mètre carré. Les maisons étaient toutes les mêmes, murs en brique et crépi blanc, volets en bois verts ou marron, c'était en option à l'achat. Chez nous, ils étaient verts. Et le garage abritait la Fuego paternelle et la Polo que j'avais eue pour mes dix-huit ans. Y a pire comme cadeau pour entrer dans sa majorité. J'avais les avantages du nid parental, logé, blanchi, nourri, sans les inconvénients, puisque mes géniteurs me foutaient une paix royale. Mon père parce qu'il bossait tellement que ses enfants arrivaient en queue de classement de ses préoccupations, ma mère parce que j'appliquais à la lettre son dogme éducatif : « Tant que tu travailles bien en classe, tu fais ce que tu veux. » Et comme ce que je voulais ne m'entraînait pas sur des pentes glissantes à part à Noël quand, évidemment, nous partions au ski – question de standing –, j'ai eu les coudées franches jusqu'à mes vingt et un ans, quand j'ai volé de mes propres ailes dont quelques plumes étaient financées, je le concède, par le mécénat parental. Ce que je n'assumais qu'à moitié, car évoluant dans le même milieu que mon père, j'étais déjà étiqueté « fils à papa ». Je voulais donc prouver à tous les médisants et surtout à moi-même que je pouvais me débrouiller tout seul comme un grand. Ce que je me sens incapable de faire pile au moment où mon esprit vagabonde entre la mousse du bain, la toile d'araignée que j'ai repérée au plafond et la panière de linge sale d'où dépasse la bretelle d'un soutien-gorge en dentelle noir d'Élodie. Petit bonnet, je l'ai souvent taquinée à ce sujet, quand entre nous tout était sujet à plaisanterie.

« En fait, vu ta poitrine, ton soutien-gorge, c'est un emploi fictif!

– Oui, eh bien, moi, je préfère des petits seins qui tiennent que des grosses c… qui tombent! »

Un partout, la balle au centre, et ça se terminait dans un éclat de rire.

Élodie avait un humour à froid, enfin, elle l'a toujours et je ne veux pas me résoudre à parler d'elle au passé. Froid comme l'eau du bain : ça fait bien une heure que je marine dedans, j'ai la peau fripée comme un shar-pei. Il est à peine 15 heures et je me demande bien avec quelle arme je vais tuer le temps. Un verre avec un ami, pourquoi pas. Mais finalement non, je ne me sens pas la force de faire comme si de rien n'était et de mentir à chaque question qui mentionnera Élodie. Un ciné, pourquoi pas, mais y aller seul va me rappeler qu'on y allait toujours à deux. Pas sûr d'être un bon spectateur pour le film qui me verra assis en face de lui. Un match de foot à la télé en bas de survêtement, c'est la solution de facilité, sauf si mon équipe fétiche a la mauvaise idée de perdre. Ça pourrait ajouter une couche de déprime au gris dépressif qui tapisse déjà mes murs intérieurs. Être supporter, c'est encore pire qu'être amoureux, on peut changer de femme si rien ne va plus, pas d'équipe ! Son club, c'est pour la vie, une bénédiction diabolique, une malédiction angélique, pas de match nul dans le ressenti, c'est tout ou rien, l'orgasme d'une victoire inattendue chasse le désespoir d'une déroute cruelle, et vice versa. Le supporter est condamné à vie à dépendre de onze types plus ou moins motivés, d'un ballon plus ou moins capricieux, d'un arbitre plus ou moins inspiré, de poteaux plus ou moins compréhensifs. Un match, ça ne tient qu'à un fil auquel il s'accroche pendant quatre-vingt-dix minutes avec passion, mieux, dévotion. C'est beau, terrible et masochiste, car l'acteur le plus investi du match est celui qui peut le moins agir sur lui. Le supporter que je suis subit depuis une trentaine d'années. C'est peut-être cette habitude footballistique qui m'aide à encaisser mieux que prévu la défaite que vient de m'infliger Élodie. Même si, là, pour le moment, il n'y a pas de match retour... Finalement, je vais aller faire une sieste. Cette semaine m'a vidé comme cette étagère où je rangeais mes vêtements et que j'aperçois en m'allongeant sur le lit. Petit pincement au cœur, gros, même. Sans le faire exprès, je me suis étendu à la place d'Élodie, comme si je sentais qu'ici je n'avais déjà plus la mienne. Acte manqué comme pas mal de choses ces derniers mois. À moins que mon inconscient, cruel, me rappelle que si je lui avais fait plus de place dans ma vie, elle serait encore là, collée contre moi, pour faire cette sieste qui ne serait pas forcément de tout repos. Sur son oreiller, une trace de Rimmel. Elle a sans doute pleuré. Je me déteste d'être la source de ses larmes. En même temps, cette traînée noire sur cette taie beige a la couleur de l'espoir. Celui que peut-être, je dis bien peut-être, je lui manque un peu. Et pas seulement dans ce lit. Extinction de mes yeux…

Je me réveille à l'heure où d'habitude je me couche. En ce moment, je n'ai pas vraiment le biorythme dans la peau. Pourtant, depuis des années, mes extrémités de journée sont réglées à la minute près. Une matinale radio en direct tous les jours à 6 heures, cinq jours sur sept, ça demande une discipline monastique le soir et militaire le matin. Le coucher jamais après minuit, le 23 heures est même chaudement recommandé, voire le 22 heures si le corps vous fait sentir qu'il est à deux doigts de porter plainte pour sommeil en danger. En dessous de cinq heures par nuit, on est soit Superman, soit cocaïnomane. J'ai les lunettes de Clark Kent mais pas ses pouvoirs. Quant à l'autre option, la poudre au nez, c'est de la poudre aux yeux, c'est reculer la fatigue pour mieux sauter dans l'addiction. Le lever, c'est 4 h 30 pile-poil, et à partir de là, ça se joue à la minute près : 4 h 35, douche, 4 h 40, vêtements, 4 h 42, chaussures, 4 h 43, café aussi serré que cette feuille de route, et 4 h 45, départ immédiat, 4 h 46, retour à l'appartement pour prendre le casque du scooter que j'oublie une fois sur deux. À cette heure-là, on a souvent la tête à un autre endroit que sur les épaules. Et tout ça se répète de fin août à début juillet, quasi sans interruption, avec du boulot en amont et la pression de l'audience en aval. Une matinale radio, c'est un marathon couru par des athlètes à qui on demande de battre le record du 100 mètres tous les jours. Tôt ou tard, ça fait des dégâts qui vont d'une prise de poids à une perte de conjoint. Moi, ma balance affiche moins cinquante-deux kilos : ceux d'Élodie. Je n'ai rien avalé depuis le croissant mal décongelé servi ce matin à l'hôtel. À vrai dire, depuis une semaine, je n'ai le goût à rien et surtout pas à manger. Je suis devenu « amourexique ». Certains compensent le manque en se jetant sur la bouffe jusqu'à s'en faire vomir, comme s'ils cherchaient à expulser en même temps que leur repas le mal qui les ronge. En vain, bien sûr. D'autres, comme moi, se referment sur eux à double tour et verrouillent tout, à commencer par leur tube digestif. Je me nourris par obligation, sans trop prêter attention à ce que j'ingurgite. Tout me paraît sans saveur et sans intérêt, un filet de bœuf ou un bout de polystyrène, c'est pareil, mais de toute façon ni l'un ni l'autre n'a été au menu. Je me suis contenté de *junk food* glanée avant de rejoindre ma tanière hôtelière. Régime sans elle.

Je me dirige vers la cuisine ; l'appartement, plongé dans le noir, est juste éclairé par un rayon de lumière gracieusement offert par le lampadaire de la rue. Soudain, une douleur violente me foudroie de bas en haut, c'est tellement intense et inattendu que mon cerveau est incapable d'envoyer l'ordre à ma bouche de hurler. Mais il lui ordonne, après un rapide balayage au sol de ma main gauche, de lâcher un « Putain de Lego !!! » Je ramasse la briquette en plastique qui vient de me torturer la voûte plantaire comme si j'étais un terroriste interrogé à Guantánamo et la balance violemment contre le mur, maudissant Thomas qui laisse toujours tout traîner. D'accord, il a quatre ans, mais à ce moment précis, ce n'est pas une excuse valable. « L'enfer, c'est les Autres », disait Sartre. Non, Jean-Paul, c'est les enfants des autres ! Je continue ma route vers le frigo sur une jambe, l'autre pied refusant catégoriquement de fouler à nouveau le parquet. J'arrive devant le frigo que j'ouvre, encore énervé. La vengeance est un yaourt qui se mange froid, je me jette sur sa dernière Danette au chocolat. Ça lui fera les pieds comme son Lego a fait les miens. Et tant pis s'il pique une crise en rentrant de week-end avec sa mère, je ne serai plus là pour voir ça. Pas par choix, mais à sa demande. En allumant le couloir, je suis tombé sur un petit mot que je n'avais pas vu, sans doute déstabilisé par le retour sur le lieu de mon « crime ». Cette écriture aux boucles un peu enfantines, je la connaissais, elle m'avait fait tant de fois décrocher ce sourire un peu niais de celui qui tombe sur un petit mot d'amour glissé en cachette dans sa poche. Mais là, l'effet est glaçant : « Flo, préviens-moi quand tu pars dimanche, pas trop tard, je n'ai pas envie de me taper les embouteillages. Bon week-end. » Ah c'est sûr, il ne peut être que « bon », à voir la feuille de route qu'elle me propose : dégager avant qu'elle ne revienne. Je caressais l'idée qu'elle me propose de boire un verre à son retour, voire qu'elle m'accorde l'usage du canapé-lit jusqu'à mon départ en Camargue mardi soir. L'idée, je viens de me la reprendre en pleine gueule. Déçu par elle et surtout par moi d'avoir pu échafauder une telle théorie, je retourne dans la cuisine et rebelote dans le frigo. Pour la peine, je sais, c'est puéril, je vais finir sa bouteille de rosé. Comme ça, ils seront deux à râler dimanche soir… Je retire le bouchon, le jette en l'air et le reprends de volée avec mon pied gauche. Il traverse l'entrée de la cuisine et vient percuter le cadre avec notre photo de l'été dernier en Corse, joue contre joue, et posées sur le nez les Ray-Ban aviateur modèle Michel Sardou, « Les Lacs du Connemara ». On adorait l'écouter à fond dans la voiture en allant à la plage de Santa Giulia ou de Palombaggia, c'était notre rituel, notre délire de hurler « là-bas, au Connemara !!! » en sortant la tête par la vitre. Nos éclats de rire en massacrant la montée finale, c'était bien, c'est loin. Je lève la bouteille et trinque tout seul.

« À Michel ! »

Puis, la tendant vers le cadre photo :

« Et à nous, enfin, ce qu'il en reste… »

Je souris. Ça doit être la première fois depuis qu'Élodie m'a mis dehors. Je sais bien que ça ne va pas durer alors autant en profiter. Je vide le rosé dans un grand verre que je bois d'une traite. Je l'aurais bien jeté sur le carrelage. Dans une comédie romantique, le héros malheureux aurait sans doute fait ça, mais je déteste les comédies romantiques. Surtout parce que celle que je suis en train de vivre a principalement des airs de tragédie…

Dimanche matin, enfin, midi. Je suis décalé et décalqué. Je jette un œil à mon téléphone, ma mère a essayé de m'appeler. Ça aussi, je vais devoir l'affronter : lui dire tôt ou tard qu'avec Élodie c'est compliqué en ce moment. Euphémisme. Tôt ou tard, ça sera mercredi, en fait, quand elle va me voir arriver chez elle avec ma valise mais sans ma chérie. J'ai déjà prévu de temporiser avec un « elle a un tournage, elle me rejoindra plus tard mais elle ne sait pas encore quand », ça sera toujours quelques jours de gagnés avant de devoir lâcher la bombe. J'imagine déjà sa réaction en repensant à celle qu'elle avait eue lors de ma dernière annonce à caractère sentimental. J'étais encore avec Sandrine, ma première femme. Première à tous points de vue, d'ailleurs, car elle m'avait fait mon dépucelage d'homme, de père et de mari, et au final, aucun des trois n'avait été une franche réussite. Ce dimanche-là, sur la terrasse de notre maison en Camargue – une villa avec piscine, pinède et crédit immobilier en cours –, nous venions de finir de déjeuner, on avait envoyé les enfants jouer à la balançoire au fond du jardin. Mes parents étaient attablés, j'apportai le café, attendant la sacro-sainte phrase de ma mère prononcée sans exception avant chaque tasse depuis que je la connais, donc depuis ma naissance :

« C'est bien un déca ? Parce que sinon ce soir je vais pas réussir à m'endormir ! »

Théorie invalidée depuis puisqu'un jour, voulant vraiment savoir, j'avais fini par lui servir sciemment un café normal sans rien lui dire et elle n'avait eu aucun mal à trouver le sommeil.

Alors que mon père trempait un bout de fougasse sucrée dans son expresso, l'air pensif comme souvent – et je sais à quoi il pensait : son boulot –, nous nous sommes levés avec Sandrine, l'air solennel. J'ai pris la parole :

« Papa, maman, avec Sandrine, on a quelque chose à vous annoncer… »

Silence légèrement étonné de mes parents.

« Vous attendez un troisième enfant ?

– Euh, non, maman, on se sépare ! »

J'avoue, j'ai failli éclater de rire, mais la situation ne s'y prêtant pas, je l'ai fait intérieurement. Mon père avait bronché d'un petit haussement du sourcil qui voulait dire « je m'en doutais ». Ma mère, elle, était littéralement sur le cul, comme si le fond de sa chaise de jardin en plastique avait fondu et qu'elle s'était enfoncée dedans. Je n'en revenais pas de ce grand écart réactionnel : je lui apprenais notre prochain divorce, et c'était à peu près aussi surprenant que si j'avais annoncé que Noël tombait le 25 décembre. Elle, elle était persuadée qu'on avait mis le prochain en route. Vu le contexte de ces derniers mois, comment avait-elle pu en déduire ça ? Une réaction de maman-autruche, persuadée que prier très fort suffise pour que tout s'arrange ? L'enfant-pansement n'a jamais réparé une fracture de couple ouverte. Pour elle, sans doute que si. En attendant, elle avait arrêté son propre compteur à deux, ma sœur et moi, alors que, je n'étais pas dupe, sa vie maritale depuis nos naissances n'avait pas non plus été un fleuve tranquille. J'avais même surpris quelques prises de bec derrière la porte de ma chambre, le soir, en pyjama. Mais elle avait courbé l'échine, pris sur elle : réaction toute protestante. Ma mère est cévenole et a dans ses gènes la souffrance en silence, sorte de Marie Durand ménagère. Mes parents étaient encore ensemble, bon gré, mal gré, ils s'aimaient suffisamment pour que la digue de leur couple ne cède pas devant les tempêtes conjugales, l'usure des années. On ne balaye pas comme ça quarante ans de mariage sans s'accrocher un minimum même si les parois de son couple sont devenues glissantes. Eux avaient fini par trouver leur modus Vivaldi pour continuer au fil des quatre saisons à se supporter. À tous les sens du terme. J'admirais ça sans vraiment être sûr de l'envier. De toute façon, je ne battrais pas leur record, en tout cas pas avec Sandrine, ça, c'était entendu. Et c'est mal parti pour que cela arrive avec Élodie. Même pas mariés et déjà séparés. Moi, leur fils modèle, j'ai brisé celui de la vie de couple idéale selon eux. Ils m'en ont voulu, je le sais, surtout elle, meurtrie dans sa fibre maternelle.

« Comment peux-tu faire ça aux enfants ?

– Comment ça, comment ?

– Te séparer ! Ça va être terrible pour eux !

– Tu ne crois pas que c'est encore plus terrible de voir que leurs parents n'arrivent même plus à faire semblant de s'aimer ?

– Mais ils n'ont rien demandé ! Et puis quand on fait des enfants, on assume !

– Tu préfères que je reste avec leur mère pour qu'ils soient heureux, même si moi ça me rend malheureux ? »

Elle n'avait pas répondu. Peut-être un « je l'ai bien fait pour vous, moi » lui avait-il brûlé les lèvres mais elle l'avait éteint aussitôt par pudeur. La Cévenole est taiseuse, dure comme le granite du mont Aigoual, silencieuse comme les forêts de châtaigniers qui l'entourent. J'ai hérité ça d'elle, cette tendance à être un coffre-fort où sont enfermés mes vérités, mes colères, mes frustrations, mes envies, mes désirs. Mais dont je pense n'avoir jamais eu ni la combinaison, ni la personne à même de le percer dans ma vie. Si tant est qu'elles existent. C'est peut-être mieux que cette noirceur tapie au fond de moi demeure confinée pour ne pas venir contaminer ceux que j'aime. Dont je ne fais pas partie. Mes insuffisances pointées du doigt par Élodie en direction de la porte ne risquent pas d'arranger les choses. Et les remontrances que je devine de ma mère lorsque je lui avouerai la séparation non plus. Alors, c'est décidé, je vais attendre le plus longtemps possible avant de lui dire la triste vérité. Pour vivre malheureux, vivons cachés…

Déjà 17 heures, je n'ai pas vu le temps passer et pourtant je n'ai strictement rien fait de la journée à part me lamenter sur mon sort, pauvre petit chéri qui n'a finalement que ce qu'il mérite. Et n'a plus ce qu'il ne méritait pas : Élodie. Qui vient de m'écrire un SMS : « Tu devais m'envoyer un message ! Je pars de chez mes parents. » Sous-entendu « donc si tu pouvais partir de chez moi… » Pas de miracle, je me suis bercé d'illusions un peu trop près du mur que je viens de me manger avec ce message sec et glacial. Je ramasse mes affaires et fourre dans mon sac celles que je n'avais pas prises la dernière fois. Comme ce peignoir d'un palace qu'elle avait piqué pour moi lors de notre premier week-end à Barcelone. Je nous revois descendre la Rambla le pas aussi léger que le cœur, dévorer des tapas après avoir fait l'amour dans ce lit *king size*, admirer la Sagrada Família en nous disant que nous aussi notre histoire serait unique, majestueuse, et que nous passerions, comme Gaudí, le reste de nos jours à la construire. Finalement, j'ai changé d'avis : je le sors du sac et l'accroche sur la patère de la salle de bains. Qu'il y ait au moins encore quelque chose chez elle qui lui rappelle qu'on a aussi été heureux. J'enfile mon blouson, je n'ai pas envie mais je dois y aller. Cette fois, c'est moi qui ouvre la porte, je m'arrête sur le pas, jette un coup d'œil derrière moi en croisant les doigts. Pourvu que ce ne soit pas le dernier. Juste avant, j'ai laissé mon trousseau dans le petit bol à l'entrée avec un mot griffonné sur une enveloppe : « Voici les clés pour le cas où tu changerais d'avis, ha ! ha ! » Elle aura la référence, peut-être même que ça la fera sourire… Femme qui sourit, à moitié de retour dans ma vie ? Je l'espère au moment de refermer délicatement la porte. Pas envie de l'entendre à nouveau claquer. Je sors de l'immeuble sans un regard. Elle avait raison, la réceptionniste, j'aurais dû la prendre, cette carte de fidélité…

Vacances, j'oublie tout ? Pas vraiment. Surtout pas maintenant que je suis à nouveau en « position hôtel ». Les circonstances ne sont plus les mêmes, certes. Là, je suis donc en vacances, ce concept inventé par je ne sais trop qui pour se reposer du travail. Dire qu'il y a plusieurs siècles, les gens étaient perpétuellement en train de se la couler douce et que le travail fut finalement inventé pour les changer un peu des vacances. C'est comme ça, le monde avance, comme le disent les politiques quand ils sont à court d'arguments. Peut-être, mais alors en marche arrière. Ma chambre d'hôtel, en l'occurrence, c'est le bureau de mon père équipé d'un matelas posé à même le sol. Première arrivée, première servie, ma sœur a pris ses quartiers dans la chambre d'amis, vaste grenier aménagé, qui fut d'abord la nôtre quand, enfants, nous venions y passer nos étés entre deux baignades à l'Espiguette et un beignet bien gras au Grau-du-Roi. Rime riche en calories.

Je me retrouve à l'étage en dessous, dans cette petite pièce sur rue avec là encore un tableau au mur, une Arlésienne aux couleurs pastel, vert olive, bleu lavande, rose flamant et jaune pastis, Provence oblige. Décidément, ce genre de déco me poursuit depuis que je suis à la rue. Il est… il est… comment dire… il est de ma mère. Mon devoir de réserve familial m'empêche donc de commenter sa qualité artistique. Et puis il y a ce chiffre qui me suit comme une malédiction, le 840. Là, ce n'est plus le numéro de ma chambre, mais le nombre de kilomètres qui me séparent d'Élodie. Élodie est restée à Paris avec son fils. Moi, je suis dans le Sud avec les miens. Appelons ça une famille re-dé-composée. Les enfants, nos enfants, un paramètre supplémentaire dans l'équation complexe de notre vie de couple. Une des raisons aussi, même si ce n'est pas la principale, qui fait que de l'addition, on est passé à la soustraction. Moi moins Elle. Alors, le calendrier nous impose quinze jours minimum de séparation forcée. « Ô temps, suspends ton vol ! », disait le poète romantique, les cheveux au vent, la chemise blanche grande ouverte face à la mer déchaînée, ses bottes plantées sur une falaise, la tempête sur et sous son crâne et le spleen chevillé à ses entrailles. Moi, le temps, j'aimerais bien qu'il passe la seconde, voire qu'il soit direct à fond de cinquième. Quinze jours sans elle, surtout en ce moment, ce n'est pas de la villégiature, c'est de la torture. D'autant plus que quinze jours, c'est la version optimiste. Si ça se trouve, elle va me dire qu'on ne se rejoint pas pour achever nos vacances ensemble. Et là, c'est moi que ça achèverait. Qu'est-ce qui me dit que dans deux semaines, elle en saura plus ? Que dans deux semaines, elle aura à nouveau envie de (passer du temps avec) moi ? Que dans deux semaines, elle n'aura pas fait une atroce découverte : « Finalement qu'est-ce que je suis mieux seule qu'avec Flo ! C'est sûr, au début, j'ai ressenti comme un vide. En fait, ce n'est pas lui qui me manquait. C'était la vie à deux. Mais la vie à une, c'est bien aussi. Je m'y suis même réhabituée plus vite que prévu. En plus, ça fait deux fois moins de linge à laver donc à repasser, de vaisselle à laver, de plats à cuisiner. Et puis je peux à nouveau disposer comme je veux de la télé. Finis ses matches de foot que je subissais allongée dans ses bras. Sous la menace permanente d'être éjectée du canapé si son équipe marque un but et qu'il entame la danse du supporter. Et disposer aussi comme je veux de mon corps. Finis ses assauts répétés pour me faire l'amour. Franchement saoulant, le garçon. Surtout quand commencent les tractations précoïtales et qu'il faut lui expliquer pour la énième fois les mêmes choses : je comprends bien qu'il a envie mais lui pourrait faire l'effort de comprendre que moi, je n'ai pas envie. Généralement, il ne comprend pas. Il insiste. Là, au moins, je n'ai plus à faire face à mon dilemme sexuel les jours de zéro envie : il me fait l'amour ou il me fait la gueule. Quand j'y pense, je ne devrais pas dire ça, mais qu'est-ce que j'ai été conne de me le coltiner aussi longtemps… » Rien qu'à l'idée qu'Élodie puisse se faire ces réflexions, j'ai le moral dans les chaussettes. Je les enlève et je les envoie balader, mon moral avec, à l'autre bout de la pièce. Je ferais mieux de me coucher. Extinction des feux.

« Fistou, à table !!! »

Fistou, c'est moi. Je préfère largement ce surnom que m'a donné ma mère à celui dont m'avait affublé mon père quand j'étais adolescent complexé, rapport à ce que ma puberté, cette saloperie, avait décidé de me laisser encore un peu mes bonnes joues d'enfant et un petit bidon prononcé : Potiron. Je lui en ai voulu longtemps, j'avoue, moi qui me rêvais alors avec la silhouette d'une asperge plutôt que celle d'une cucurbitacée. Lui trouvait ça mignon, moi, humiliant. Et plus je me vexais, plus il me chambrait. Les enfants sont méchants entre eux mais un parent, c'est encore pire, surtout quand c'est lui-même encore un gamin ! Avec le recul, je me dis que l'aîné de la famille, ce n'est pas moi, c'est mon père.

« J'arrive, Maman ! Commencez sans moi ! »

Et finissez aussi tant que vous y êtes, je n'ai absolument pas faim. Aucune envie de me plier à ces obligations familiales qui vous incombent quand vous êtes gentiment hébergé chez papa-maman… en pension complète. Que je ne m'avise pas d'avoir des envies d'aller me sustenter dans d'autres assiettes que celles en porcelaine blanche de ma mère, sinon je me prends un regard noir et une petite remarque acide du genre « tu exagères, quand même, on ne te voit pas souvent, tu pourrais faire l'effort de manger avec nous ». L'effort, oui, de me prendre en supplément, gracieusement offert par la maison, la sempiternelle rengaine sur mon poids : « Mange un peu, tu es maigre comme un coucou ! » Désolé, Papa, si tu ne peux plus m'appeler « Potiron ». Ironie de ton surnom, à force d'en manger, j'en ai perdu la forme ! L'effort aussi de me taper le passage obligé post-café, la partie de Scrabble où ma mère est trop bonne joueuse et mon père trop mauvais joueur. Au premier mot-compte-double qu'elle place, il se lève en assénant un « de toute façon, j'ai perdu ! » et quitte la salle à manger en promettant que c'est la dernière fois qu'il joue à ce jeu à la con. Promesse jamais tenue, car son envie de battre ma mère est plus forte et le ramène tôt ou tard devant son petit présentoir et ces maudites sept lettres qu'il s'escrime à combiner pour atteindre le Saint-Graal : le mot « Victoire » au terme de la partie !

Allongé dans mon lit de fortune, j'aperçois des rais de lumière à travers les volets. Il fait beau, c'est toujours ça de pris, le soleil est le verre d'eau qui peut m'aider à faire passer la pilule du blues passager. Fondamentalement, je n'y crois pas. La plage, le parasol, le transat, les « on n'est pas bien, là ? » : au moment où je me lève avec la légèreté d'une enclume, je m'en bats les tongs. Mon corps est à Aigues-Mortes, cité médiévale d'où Saint Louis partit en croisade, ma tête est restée à Paris, et mes yeux, invisibles, se baladent comme des drones dans l'appartement d'Élodie à essayer de voir ce qu'elle y fait. Elle aussi est en vacances, les miennes ayant automatiquement, hiérarchie oblige, déclenché les siennes. Voilà un autre problème qu'il faudra que je gère tôt ou tard : si la situation perdure à la rentrée, je me vois mal continuer à travailler avec elle, même si ça ne la dérange pas de travailler pour moi. Je ne me sens ni la force, ni l'envie de cloisonner nos vies professionnelle et privée. Je referme cette parenthèse que j'espère ne pas avoir à ouvrir et l'imagine dans son salon avec Thomas en train de monter une tour en Kapla qu'il s'amusera à faire évidemment s'écrouler dans un grand éclat de rire avant qu'elle ne recommence encore et encore tant qu'il n'aura pas envie de passer à autre chose. Ou pour la trois cent soixante-huitième fois devant le DVD de *Toy Story* avec son fils dans son pyjama Buzz l'Éclair, son doudou-nid-à-microbes calé entre son nez et sa bouche. Peut-être qu'elle en profitera pour se faire un café-clope, le corps à Paris, mais la tête à Aigues-Mortes à se demander ce que je suis en train de faire, moi. Penser à elle. Mais ça, je ne lui ai pas dit, hier, quand elle m'a appelé.

J'étais sur l'autoroute du Sud, file de gauche, pressé d'arriver après sept heures de route seulement ponctuées d'une pause sandwich triangle-eau minérale. J'apercevais au loin le mont Ventoux et déjà le chant des cigales couvrait celui de Michel Delpech à la radio. La Drôme un, le Loir-et-Cher zéro ! On s'était dit juste avant que je parte qu'on limiterait nos contacts. Enfin, moi, je l'avais dit. Histoire de ne pas peser sur sa décision, celle qu'Élodie doit prendre en n'écoutant qu'une seule voix : la sienne. Et, mine de rien, le petit coup de téléphone ou le texto au passage, comme ça, pour dire rien du tout, qu'est-ce que c'est sinon chercher à occuper le terrain ? Lui mettre gentiment la pression sur l'air de « Bon alors, ça avance ce symposium sur le thème "Être ou ne plus être avec moi, telle est la question ?" Parce que moi, ça y est, j'ai déjà rédigé mes conclusions. » Bref, c'est Élodie qui m'a téléphoné. Je ne sais pas pourquoi, et ça n'a rien à voir avec la Sécurité routière, mais j'ai hésité à décrocher. L'appréhension de lui parler ? Une stratégie « arroseuse arrosée » pour la mettre en attente de ma réponse alors que c'est moi qui suis dans cette situation ? Au bout de trois sonneries, j'ai éteint la radio et pris mon portable.

« Allô ! Je voulais juste savoir si tu étais bien arrivé.

– C'est gentil. Pas encore, dans une heure, je pense, si ça roule bien. Et toi, tu fais quoi ?

– Rien de spécial, je range l'appart, ce soir mes parents viennent dîner.

– Ah ! Super, Thomas va être content. »

Je n'en avais bien sûr rien à foutre mais j'enfilais les banalités en attendant avec fébrilité une ouverture sur le seul sujet qui m'intéressait. Finalement, c'est elle qui s'y est collée.

« Ça va ? Parce que j'ai l'impression que non, que tu es mal. Et moi, de te savoir mal, ça me rend encore plus mal… Alors, j'avais envie de prendre de tes nouvelles… »

Moi, évidemment, j'ai été tellement moi-même.

« Ne t'inquiète pas, ça va, ça va. Enfin, non, pas vraiment, mais ne t'en fais pas. Ce n'est pas grave, pense plutôt à toi. C'est ça le principal. Ce qui compte, c'est que toi tu ailles bien… Vraiment… »

Nullissime, quoi ! Alors que je crevais d'envie de lui balancer ses quatre vérités après dix jours à avoir un mal de chien, à avoir envie d'aller chez le vétérinaire et l'implorer de me piquer.

« Mais Élodie, comment veux-tu que ça aille ??? Alors que tu m'as dégagé comme une merde sans autre forme de procès que "c'est trop difficile, on ne va pas y arriver…" ! Que tu ne t'es même pas souciée de savoir où j'allais dormir, à l'hôtel, chez un pote ou sous un pont ! Tu veux de mes nouvelles ? Tu parles, tu veux surtout te donner bonne conscience, partir en vacances l'esprit tranquille ! Non, ça ne va pas et je pourrais payer pour que toi non plus ça n'aille pas, pour que tu vives les pires quinze jours de ta vie à culpabiliser à mort, à ne pas en dormir, à t'en ronger les ongles et t'en bouffer les doigts, à passer devant la glace en baissant les yeux pour éviter de voir ce visage du mal que tu m'as fait ! Et tu sais quoi ? Ta pitié, tu peux te la garder pour toi, franchement, vu ce que tu m'as fait, tu en as plus besoin que moi ! »

Je l'ai pensé très, très fort, comme si ça suffisait pour qu'elle l'entende. Pendant que je déblatérais mes phrases tiédasses, que je lui disais en fait ce que j'imaginais qu'elle avait envie d'entendre. La langue comme le cul, entre deux chaises. Tiraillée entre le « même pas mal » et le « si, un peu quand même », une sorte de grand huit verbal qui en l'espace de quelques mots passe du noir Vador au blanc Oui-Oui. En raccrochant, Élodie n'a pas dû être beaucoup avancée. Ou alors confortée dans l'idée que je suis définitivement comme la vie avec moi. Trop compliqué. C'est vrai ça, pourquoi est-ce qu'avec moi rien n'est jamais simple ? Pourquoi est-ce que le B.A.-BA, je n'y arrive pas ? Le B-Abba, une vie aussi légère et sucrée qu'un tube du quatuor suédois. Élodie, ma *dancing queen*, quand elle me dirait *gimme, gimme, gimme*, je lui « giverais ». On vivrait d'amour et d'Ikea en se foutant de la *money, money, money*. Ce serait bien. Non, en fait ce serait con. Je viens de me rappeler que, Abba, ils ont fini séparés et ils ne se sont jamais reformés. Nous, c'est encore possible.

J'ai failli manquer l'embranchement et continuer tout droit vers Marseille au lieu de filer direction Barcelone. Si même les panneaux autoroutiers avaient décidé de s'y mettre et de me rappeler nos destinations romantiques passées ! J'ai allumé une cigarette puis la radio. Décidément, « *Highway to Hell* »… et moi qui étais pile dessus !

J'ai passé l'enchaînement carottes râpées-côtelettes d'agneau-haricots verts-fougasse sucrée-café-Scrabble sans encombre et surtout sans avoir à évoquer le sujet Élodie et la vraie raison de son absence. Pour ça, j'ai pu compter sur l'aide précieuse de mon père qui, dès que l'on se voit, me bombarde de questions sur la seule chose qui l'intéresse : mon boulot, qui se trouve être aussi le sien puisqu'on travaille tous les deux dans l'audiovisuel. D'habitude, ça me saoule d'en parler avec lui car je sais que, tôt ou tard, on va s'écharper sur telle ou telle émission qu'il n'a pas aimée alors que j'ai bossé dessus. Dans ces cas-là, on peut vite monter dans les tours. Ça fonctionne dans l'autre sens si je m'avise d'émettre la moindre critique sur un programme qu'il réalise. Ma mère finit généralement par nous séparer comme un arbitre le fait avec deux boxeurs qui se chauffent avant un combat.

Là, j'étais prêt à monter sur le ring avec lui, à passer quinze rounds d'échanges accrochés sans jamais abandonner. Ce que j'ai fait. Une petite brouille passagère avec mon paternel vaut bien une conversation avec ma mère, très complémentaire de mon père, puisqu'elle, son sujet fétiche, c'est ma vie privée qui se résume à une question : « Comment ça va avec X ? » (remplacer X par le prénom de la personne qui partage ma vie, en l'occurrence, Élodie). J'ai tendance à lui donner le minimum de grain à moudre, elle a droit à un « ça va, ça va ». Qui bien sûr ne la satisfait pas. Elle renchérit donc avec une affirmation la plupart du temps piquante car depuis que je suis en âge de ne plus être seul mais accompagné, il est une constante : aucune femme n'est à ses yeux assez bien pour son fils chéri. Pratique pour moi qui suis systématiquement, quand bien même je les avoue, dédouané de tous mes torts, de toutes mes responsabilités. Dans sa logique binaire de mère, rien n'est ma faute, tout est la leur. C'est juste quand il y a séparation qu'elle tique et que je me prends le retour de bâton. Là, c'est moi qui, d'un coup d'un seul, deviens le coupable, même si je suis la victime. Je n'ai jamais trop compris pourquoi, peut-être m'en veut-elle d'avoir réussi à faire ce qu'elle n'a pas osé. Partir. Se servant de moi, de ma sœur, des enfants, ces alibis pratiques pour justifier de rester quand on n'a pas le courage de mettre les voiles. Je sais donc déjà à quoi m'attendre lorsqu'elle saura pour Élodie. Et ça ne va plus tarder, chaque minute qui passe me rapproche de l'annonce. Je m'escrime à l'éviter mais mon art de l'esquive est limité. Alors, pour m'y préparer, j'ai pris le large.

Après avoir enfilé mon cuissard – chez moi tout est sensible, y compris le fessier –, j'ai enfourché mon vélo. Rien de mieux qu'une sortie de quelques heures pour réfléchir à comment tourner la chose. Transpirer pour être inspiré. J'aime bien partir sans trop savoir où je vais, prendre le risque de me perdre pour mieux savourer le plaisir de me retrouver. Je me piège pour voir comment je vais m'en sortir et si j'aurai les forces nécessaires pour revenir à mon point de départ. Une chose est sûre, je pars à l'opposé du bruit des vacanciers et de la fureur de leurs voitures agglutinées, vaste troupeau métallique pressé de rejoindre ce point d'eau que lui font miroiter ses congés payés. L'été, en Camargue, je deviens aussi sauvage que la nature. Je préfère le beuglement d'un taureau à celui d'un vacancier qui trouve que « douze euros, la tomate-mozzarella, eh ben, ils s'emmerdent pas ! », un moustique qui vient me pomper le sang à un touriste qui vient me pomper l'air parce que quelques grains de sable ont volé sur son bras gras comme un beignet quand je suis passé à côté. J'ai toujours été fasciné par la notion de dépaysement de certains qui s'échappent de leurs bouchons parisiens pour se remettre dans ceux méditerranéens. Qui fuient la promiscuité dans le métro pour la retrouver, serviette contre serviette, à Palavas-les-Flots. Qui font la queue au supermarché avec le même caddie, les mêmes produits et surtout la même impatience, pressés de rentrer regarder les mêmes programmes à la télé. Le cadre change mais pas eux, c'est la même toile au milieu, aux couleurs ternes de leurs habitudes. En fait, l'été, c'est des vacances d'eux-mêmes qu'ils devraient essayer de prendre, ça leur ferait le plus grand bien. Je pense à ça en m'enfonçant dans un chemin qui me ressemble : incertain et cabossé. Autour de moi, un ballet de libellules dansent au rythme des bourrasques de vent dans les roseaux. Je les regarde, amusé, en respirant à plein nez cette odeur si particulière de saladelle, cette lavande de mer qui pousse dans nos marais. J'ai une sensation étrange et déstabilisante : à ce moment précis, je me sens bien. Je ne sais si je dois m'en féliciter ou culpabiliser. Je devrais avoir le moral aussi marécageux que cet étang que je longe, pourtant je me sens aérien comme ce héron qui en décolle. Cette bouffée d'euphorie, je ne suis pas dupe, s'estompera à la vitesse de ce biou qu'un cavalier vient piquer de son trident pour le diriger vers son pâturage. Il obtempère. D'un coup de corne, il pourrait rappeler à son ange gardien qu'il peut dominer sans souci son dominant. Il le fera peut-être un jour, histoire de, mais pas maintenant. Je suis comme lui, je subis la situation parce que j'ai décidé de le faire, pour l'instant. Combien de temps cela va-t-il durer ? Je l'ignore encore. Élodie m'a retourné comme un sablier dont je ne connais pas la contenance. L'équivalent de cette camelle de sel qui pointe vers le ciel bleu sans nuage. Ou quelques grains comme ceux que des voyageurs exposent chez eux dans de petits flacons, histoire de se rappeler ce trek au Népal ou ce road trip dans le désert du Nevada. Et de nous le rappeler aussi, accessoirement, lorsqu'on leur rend visite pour dîner : « Vous n'y êtes jamais allés ? Vous devriez, c'est une expérience absolument incroyable ! » Moins que de déguster cette quiche lorraine veggie sans œufs, sans lardons, sans goût, en faisant mine de trouver ça tellement bon pour nous et pour la planète, va sans dire. Voilà, cette interrogation a eu raison de mon petit shoot de bien-être. Encore quelques kilomètres et je reviendrai à ma case départ. Au loin apparaît la tour de Constance, phare dans mon errance cycliste. J'ai finalement retrouvé mon chemin. Celui-là au moins. L'autre, qui part de mon cœur pour rejoindre celui d'Élodie, est rayé de la carte. Et de toute façon, pour l'instant, je pédale dans le vide.

Après une bonne douche brûlante, puis froide, histoire d'éviter les courbatures aux rares muscles hébergés par mon corps filiforme, je me suis jeté sur la proposition d'apéro d'Arnaud, un pote du cru, peintre à temps plein, cinquante pour cent sur toile pour s'exprimer, cinquante pour cent en bâtiment pour subsister. Paris a enfanté les bobos, lui, c'est plus un « cabo » : un Camarguais bohème. J'ai toujours admiré, et même jalousé, son je-m'en-foutisme élevé au rang d'art qu'il trimballe dans un accoutrement digne d'un cadavre exquis, une veste en velours noir, un bas de survêtement multitaché de Ripolin et une paire de boots dont il n'a rien à cirer vu l'état de leur cuir. À vrai dire, il n'y a pas que du polish de ses chaussures dont il se moque, il y a le reste de l'existence, aussi. Sa peau doit être en toile cirée tant tout semble couler sur lui. Sa vie est une symphonie en *carpe* dièse qu'il compose jour après jour, nuit après nuit surtout, de Ricard en Ricard, faisant le tour des cafés de la place du village dans le sens des aiguilles d'une montre. Ce soir-là, on attaque le deuxième tour, et Arnaud est dans une forme présidentielle. J'ai eu du mal à passer le premier, alors on fait un stop pour tapisser nos estomacs et laisser un peu de répit à nos foies. De courte durée puisque c'est péché de manger une côte de taureau sans l'accompagner d'un pic-saint-loup, quatorze degrés bien tassés d'un mélange puissant de syrah, de grenache et de mourvèdre. Les vins non plus ne font pas semblant, ici, ils ont du caractère et sont forts en bouche.

« Alors, ça va comment, Paris ? »

Vaste question posée par un garçon qui prend son passeport pour sortir des remparts d'Aigues-Mortes. Pourquoi aller chercher ailleurs ce qu'il a ici et qui lui convient parfaitement ? Bien sûr, il voyage. Comme beaucoup de locaux qui travaillent dans le commerce, l'artisanat et le tourisme, il fait son flamant rose et migre à la fin de l'hiver dans des contrées exotiques, Bali, Koh Phi Phi et compagnie. Mais les destinations intermédiaires, très peu pour lui. Lyon lui semble à des millions de kilomètres et Paris sur une autre planète. Ça ne l'empêche pas d'être curieux, d'où sa question à l'extraterrestre que je représente à ses yeux.

« Paris va bien, mieux que les Parisiens, qui ont toujours un pet de travers. Râler est le sport le plus pratiqué dans la capitale, ce serait une discipline olympique, on repartirait tous les quatre ans avec l'or ! Et je m'inclus dans la critique…

– Vous repartiriez avec une deuxième médaille si la haute estime de soi faisait aussi partie des épreuves !

– Non, Arnaud, pas toi, pas ce cliché sur les Parisiens… C'est comme si je disais que les Aigues-Mortais sont tous des feignasses !

– Mais tu peux le dire et on en est fiers. Pourquoi remettre à demain ce qu'on peut faire après-demain ? C'est vous qui n'êtes pas normaux, les pressés, les stressés. Nous, on prend le temps de bien pas faire les choses, tu vois ?

– Ah ça, j'ai vu, mes parents ont attendu huit mois pour faire poser la clim…

– Ils ont vécu vingt ans sans, ils n'étaient pas à ça près… Et huit mois d'attente, ici, dis-toi que l'installateur devait les avoir à la bonne. Et puis, c'est peut-être pas nous qui allons trop lentement mais vous qui voulez aller trop vite, non ?

– Toi, tu vas me resservir le "rien ne sert de courir, il faut partir à point".

– Non, non, nous, on peut courir, mais à point. Juste ce qu'il faut quand il faut. Les efforts, c'est comme le pastis, faut bien les doser ! Et puis, cette image de dilettantes, ça nous arrange, c'est la devanture de la boutique pour les touristes "*parisiengues*", *avé l'assent*, mais t'inquiète, derrière, quand il faut bosser, ça bosse ! »

Sans doute pas demain, vu comme c'est parti. Après un digestif offert par le patron qu'on ne refuse évidemment pas, on n'est déjà plus en état de le faire, on repart pour un tour… On enchaîne les bars comme les GGV, gin-get-vodka. J'ai la tête qui tourne, le rire idiot, la démarche hésitante et l'impression que les verres de mes lunettes sont devenus déformants. Arnaud, lui, se porte comme un charme, rien n'a de prise sur lui et surtout pas l'alcool. Une cigarette à la bouche, un verre dans une main et dans l'autre le paquet, le voilà qui entame un *moonwalk lowcost* ponctué de petits cris stridents façon « Maillequeul Jacquessonne », comme il dit en exagérant sa prononciation languedocienne. Les clients, dont l'état de fraîcheur est aussi discutable, sont hilares. Et bientôt effrayés. L'alcool n'étant pas le meilleur GPS pour retrouver le chemin du bon sens, Arnaud nous gratifie d'un triple tour sur lui-même audacieux. Trop. Déséquilibré, il chancelle et se fracasse contre la porte d'entrée. Un peu sonné, il se retourne. Son nez pisse le sang.

« Ça va, Arnaud ?

– Moi, oui, c'est à la porte qu'il faut demander ! »

Elle va très bien, merci pour elle, contrairement à la cloison nasale de ma toupie humaine. Je saisis quelques serviettes en papier que j'enroule en pointe avant de les lui glisser dans les narines pour arrêter l'hémorragie. Il tourne la tête, se regarde dans une glace et se met à faire de grands cris rauques.

« Regardez, je suis un morse ! Je suis un morse !!! »

Le voilà qui sort du bar en battant des mains. J'ai l'impression de revivre *Un singe en hiver* façon « Un morse en été ».

« Arnaud, je suis fracassé, je vais y aller, moi ! »

Pas de réponse, il est déjà dans le café d'à côté. Je sais que si je suis le mouvement, je suis mort. J'ai atteint la cote d'alerte, celle qui me prévient que je vais amèrement le regretter demain, voire après-demain. Le souvenir amer d'une cuite au génépi m'ayant ruiné une semaine de ski faisant foi. Je devrais peut-être être déraisonnable, aller jusqu'à vomir tout cet alcool en espérant que ce torrent de bile entraînerait avec lui mon mal d'Élodie et le ferait disparaître dans le caniveau. Mais ce n'est pas moi. Toujours dans la maîtrise, dans l'anticipation de l'« après », au point parfois d'être incapable de profiter du « pendant ». *Control freak*, comme disent les Américains. Mais là, je ne contrôle plus rien. C'est sans doute ce qui me déstabilise et me rend fou dans cette situation sentimentale. Alors je reprends le chemin de chez mes parents du pas faussement assuré de celui qui fait genre « non, non je n'ai pas bu ». Une poubelle pourrait témoigner du contraire. La serrure de la porte d'entrée aussi, maltraitée durant de longues minutes alors que j'essaye désespérément de l'ouvrir avec la clé de ma voiture… Réaction en chaîne, ma « discrétion » déclenche le système d'alarme de mes parents : Igloo, leur bichon maltais, dont les aboiements ont réveillé mon père. Le voilà qui apparaît dans l'escalier en robe de chambre suivi de ma mère en chemise de nuit. Réunion de famille nocturne, il ne manquait plus que ça… Impossible de faire demi-tour, je ramasse tout ce qu'il me reste d'essence dans le carburant pour être à peu près présentable…

« Alors, Fistou, c'était bien cette soirée ?

– Oui, oui, super… »

Trois mots et déjà je me sens fébrile.

« Vous avez fait quoi, avec Arnaud ?

– Je vous raconterai demain…

– Tu n'as pas trop bu au moins ?

– Ça va, ça va… »

En fait non, ça va pas. Pas du tout, même. Je me rue dans l'escalier sous le regard inquiet, j'imagine, de mes parents qui ont déjà compris. Dans la salle de bains, je me jette la tête la première dans le lavabo. Nez à nez avec la bonde de la vasque qui semble m'implorer d'aller plutôt du côté des toilettes. Trop tard. Je vois défiler devant moi non pas ma vie, même si j'ai l'impression de crever, mais le menu rétroactif de ma soirée. Dernier arrivé, premier vomi. J'en ai les larmes aux yeux et mon pauvre petit chagrin nombriliste n'y est pour rien. Derrière la porte, j'entends la voix de ma mère, affolée.

« Tu veux que j'appelle le médecin ? »

Je n'ai pas la force de lui répondre qu'on est au beau milieu de la nuit et pas à Paris donc ce n'est même pas la peine d'essayer. Pas la force et surtout pas le temps, car une réplique de la première secousse arrive. Tout aussi violente. J'en ai le corps entier qui tremble. Cette fois, ma mère entre façon GIGN.

Pour découvrir le carnage dans la salle de bains. Qui lui coûtera une intervention du plombier… Et à moi l'humiliation d'un « Ça t'apprendra à boire ! », asséné à mon réveil quand je descendrai l'escalier telle une meneuse de revue décatie le lendemain.

Je m'écroule sur mon lit, malade comme un chien. 3 heures du mat. 3 heures, je démâte. Le cachet d'aspirine n'a pas encore fait foi. Ou plutôt foie. Appelons ça l'ivresse des profondeurs, celles que je touche par moments, ces moments les plus sombres où j'envisage le pire. Pas par masochisme mais par réalisme. Oui, Élodie peut décider qu'on en reste là, que c'est la meilleure solution, que je lui ai fait trop de mal pour être crédible quand je lui dis que je veux avant tout son bien. Je vis avec cette idée noire depuis qu'elle a brisé la glace pour nous mettre en arrêt d'urgence. Je nous croyais insubmersibles, je n'ai pas vu arriver l'iceberg. Cette montagne d'insupportables, mon divorce et mes enfants à gérer, mon travail à digérer, qui ont fini par creuser une brèche dans notre histoire. Je sais, je ressasse, et à force je devrais finir par prendre de la bouteille. M'habituer à l'idée que les prochaines semaines vont se conjuguer au conditionnel. Je n'ai pas le choix. Et si je l'aime, je dois respecter le sien de faire une pause. Alors, pour y parvenir, j'en prends de la bouteille. Du rosé. C'est l'été. Et puis j'évite le rouge. J'y suis suffisamment comme ça, dans le rouge. Ce soir, je me suis même mis dans le violet. Allez, extinction des yeux…

Il n'y a pas eu de miracle, le réveil a été aussi délicat que le coucher. J'ai l'œil vitreux, la bouche pâteuse, le foie en vrac, le crâne en souffrance, et le reste de mes organes ont l'air de me dire « c'est la dernière fois que tu nous fais ça sinon on demande immédiatement à être greffés ailleurs ! ». Ma mère a passé une tête dans l'encablure de la porte. J'ai fait semblant de dormir pour éviter d'avoir à lui parler. De toute façon, je n'ai même pas la force de susurrer. La journée s'annonce longue, très longue, d'autant plus que, hasard malheureux du calendrier, mes enfants débarquent aujourd'hui. Ce n'est pas la peine d'essayer de négocier un petit décalage de vingt-quatre heures avec mon ex-femme, histoire de me requinquer. Nos relations sont tellement orageuses que mon téléphone passe en vigilance orange dès qu'elle m'appelle. Deux ans plus tard, elle n'a toujours pas digéré que je la quitte. En travers de sa gorge, il y a tellement de choses qu'il faudrait la poche d'un pélican pour que tout rentre : ma décision de partir alors qu'elle me menaçait de le faire depuis une éternité et surtout mon histoire avec Élodie dans la foulée, parfait scénario pour s'autoconvaincre que j'avais fait exploser notre couple pour me taper cette petite bombe blonde à retardement. Le qualificatif dont elle l'avait affublée, « l'autre pute », en disait long sur son révisionnisme sentimental. Alors que la vérité était tout autre. Bien qu'il y ait eu une attirance entre mon assistante et moi jamais évoquée, pas même suggérée, je n'avais rien entamé avec elle. C'était hors de question de la tromper, alors que, ironie du sort, Élodie m'avait encouragé à le faire. Pas avec elle, bien sûr. En tout cas c'est comme ça que je l'avais interprété à l'époque. Pourtant, c'eût été simple en étant seul à Paris la semaine. Et vu le nombre de jeunes femmes sensibles à mon « charme » (les guillemets car je ne suis pas dupe, dans mon métier, la beauté se trouve bien souvent à la ligne revenus et salaires de l'avis d'imposition). J'avais mis un point d'honneur à ne pas céder à ces sirènes en Zadig & Voltaire. Et pour être franc, cette posture héroïque m'arrangeait bien, car ma timidité ne me rendait pas capable de les aborder, et encore moins de les draguer. Savoir que mon ex-femme va probablement avoir un orgasme en apprenant que je ne suis plus avec Élodie me rend encore plus malade que je ne le suis déjà. Alors, je vais assumer, et assurer, quand les enfants vont arriver. Ne surtout rien lui devoir est un remède beaucoup plus efficace qu'une aspirine. La preuve, me voilà debout d'un coup. Trop ambitieux, je flageole et décide finalement de m'asseoir sur le matelas. Plus raisonnable. Je vais prendre mon temps avant de me lever vraiment. Tiens, quelle heure est-il ? Midi !!! Déjà ? Ça veut dire que… c'est ça, la sonnette de la porte retentit : faut pas rêver, elle n'allait pas être en retard pour déposer les enfants. Le chien, bien sûr, se met à aboyer, ce qui ravit moyennement mes tympans, eux aussi encore imbibés. Dans un monde idéal, il faudrait des clébards sans aboiement, des pastèques sans pépins, du pain sans miettes, des cigarettes sans cancer, des taxis sans chauffeur, des divorces sans pension alimentaire, des amours sans chagrin. Et aussi de l'alcool sans alcool…

« Tais-toi ou je te mets le collier ! »

Cette fois, c'est mon père qui aboie, menaçant Igloo de lui mettre cette petite gégène portative qui lui envoie des décharges quand il se met à japper un peu trop fort. Évidemment, il ne le fait jamais, de toute façon dans la minute qui suit, son instrument de torture serait retiré par sa maîtresse, à tous les sens du terme puisqu'ils dorment ensemble, le chien ayant pris l'habitude de se glisser entre mes parents, véritable ligne de démarcation au beau milieu du lit. Que mon paternel s'avise de l'expulser et il se prenait en guise de représailles des grognements. Ceux du chien puis de ma mère.

« Chéri !!! Les enfants sont là !!! »

J'enfile un tee-shirt aussi fatigué que moi, me mets à la recherche de mon boxer à quatre pattes dans la pénombre et me voilà bien en vrac en train d'attaquer la descente de l'escalier. Ses marches me semblent aussi glissantes et casse-gueule que celles qu'il faut descendre avec ses chaussures de ski pour aller aux toilettes des restaurants d'altitude. J'arrive tant bien que mal en bas, où j'aperçois dans l'entrée mes deux enfants. Julie, l'aînée, avec ses bonnes joues et son tee-shirt rose flamant, Romain, avec ses deux dents de devant braquées par la petite souris. Et derrière, dans l'encadrement de la porte, un sac plastique rempli de leurs affaires à la main, leur mère. Je ne dis pas « mon ex-femme », car l'idée même que ce fut le cas me répugne aujourd'hui. J'attends qu'elle reparte pour apparaître dans le salon. Je n'ai aucune envie de la voir et encore moins qu'elle me voie dans cet état-là.

« Ça va, les Schtroumpfs ?

– Oui, Papa ! », répondent-ils en chœur avant de filer directement dans le salon, où mon père a eu la riche idée de mettre des dessins animés à la télé.

À ce moment précis, je bénis intérieurement celui qui a eu le génie d'inventer les chaînes pour enfants, ces nounous virtuelles à quinze euros par mois devant lesquelles on pose ses gamins avant de les retrouver exactement dans la même position contemplative plusieurs heures après. Ah ça, ça les dérange moins d'être des légumes devant la télé que d'en avoir dans leur assiette. Moi, je ne suis toujours pas dans la mienne, alors je remonte prendre une douche. Chaude, froide, tiède, j'essaye à peu près toutes les températures jusqu'à trouver celle qui me donne un petit coup de fouet. Sous une pluie d'eau calcaire, je me savonne façon pub de Zidane… C'est toujours le même enchaînement, d'abord le bras gauche, puis l'aisselle droite, et ainsi de suite… Même quand je me lave, j'ai mes routines, je ne cherche pas vraiment à les contrarier, je ne suis pas un homme de changement, c'est sans doute pour ça que je préfère tenir que courir, ne pas lâcher la proie pour l'ombre, ne pas prendre le risque de prendre un risque, rester malheureux plutôt que partir et l'être au final encore plus. Quelle ironie de me dire, sous la douche, qu'il faudrait que je sache enfin un jour me jeter à l'eau. Sans me noyer si possible. Bien sûr, mes pensées reviennent comme un boomerang permanent sur le sujet épineux du moment. Je n'imaginais pas qu'une histoire d'amour en points de suspension officiellement et en point final officieusement pouvait autant remettre en cause des siècles de sciences physiques. Tiens, si Einstein était encore en vie, c'est moi qui lui tirerais la langue. Albert, si tu m'entends où que tu sois, à coup sûr au paradis en train de draguer Marie Curie dans le dos de Pierre et d'essayer de la faire céder en lui faisant le coup de ta théorie sur la relativité… « Mais non, Marie, tout est relatif… certes, si vous couchez avec moi, vous trompez votre mari. Mais, en sciences, c'est se tromper qui fait avancer. Et je sais de quoi je parle. $E = mc^2$, ça vient d'une expérience très personnelle… $E = mc^2$, en fait, c'est Einstein = mari cocu 2 fois ! » Bon, Albert, peux-tu m'expliquer pourquoi, alors que j'ai l'impression d'avoir au bas mot une tonne de culpabilité sur les épaules, j'ai déjà perdu trois kilos depuis la séparation ? Parce qu'en plus ce n'est pas de l'allégée en remords et en regrets. Non, la mienne, c'est de la bien épaisse, de la bien lourde qui donne des aigreurs et des remontées acides. Et que je n'ai toujours pas commencé à digérer alors que notre séparation remonte maintenant à presque un mois. Un mois à ressasser, à repasser à l'infini la scène finale de notre saison 1, celle qui doit mettre en haleine les spectateurs de notre histoire et leur faire espérer une saison 2. Désolé, messieurs dames, pour l'instant, elle n'est pas planifiée… Tous les mots qu'elle m'a dits, les regards qu'elle m'a lancés avant de déclencher le twist fatal, celui auquel je ne m'attendais pas… C'était un soir qui ressemblait à tous nos soirs. Je venais de rentrer, la tête encore dans ce que j'avais à faire le lendemain.

« C'est moi ! »

Pas de réponse. J'avais posé mes affaires, mon blouson sur la patère dans l'entrée, mon sac à dos à côté, mes baskets en dessous. Fin de journée bien méritée. Elle était assise sur le canapé, quasiment dans le noir.

« Qu'est-ce qu'il se passe ? Tu veilles les morts ?

– Flo, il faut qu'on parle…

– Eh bien, parlons… Qu'est-ce qu'il y a ?

– Tu n'as rien remarqué ?

– Non… »

– C'est ça, le problème, dès que ce n'est pas ton boulot, tu ne remarques rien !

– Ah si, tu es allée chez le coiffeur ? *(Silence.)* Je plaisante ! »

Pas la meilleure idée que j'ai eue de vouloir détendre l'atmosphère. Ça a eu exactement l'effet inverse…

« Moi, je ne plaisante pas ! C'est fini, Flo…

– Tu parles de quoi ?

– De nous…

– Tu es sérieuse, là ?

– J'ai l'air de ne pas l'être ? »

Son visage était grave, sa voix aiguë et la petite musique qu'elle diffusait avaient un air de requiem. Ses yeux me fixaient, la pupille noir colère, l'iris bleu tristesse et le blanc drapeau annonçant l'abandon.

« On ne va pas y arriver, c'est trop compliqué…

– Qu'est-ce qui est compliqué ?

– Tout.

– Mais encore ?

– J'ai l'impression que plus le temps avance, plus je descends dans le classement de tes priorités…

– Ton impression est fausse.

– Ah oui ? Flo, c'est quand la dernière fois qu'on s'est fait un week-end tous les deux en amoureux ?

– Euh, c'était à Madrid, non ?

– Je t'ai pas demandé où, mais quand !

– Y a trois mois…

– Non, y a un an ! Et en plus c'était à Bruxelles, rappelle-toi ce samedi délicieux où tu m'as traînée dans tous les magasins de baskets entre la gare du Midi et la place de Brouckère pour trouver une paire en série limitée…

– Des Jordan 5 Retro Laney Varsity Royal.

– Qu'on n'a pas trouvées, d'ailleurs, ce qui m'a valu de passer la soirée face à une gueule d'enterrement… Ah non, pardon, c'est vrai, ça, c'est parce que ton ex-femme t'a pris la tête une heure au téléphone sous prétexte que tu avais oublié de remettre le chargeur de la Game Boy dans le sac des enfants ! Tout ça pendant que moi je poireautais comme une conne dans la chambre… Sympa pour la femme que tu es supposé aimer d'attendre son tour pendant que tu termines avec celle que tu es supposé ne plus aimer…

– Désolé… j'ai merdé ce week-end-là…

– Et tu as fait quoi pour au moins essayer de rattraper le coup ?

– Je t'ai offert des fleurs ?

– Non, même pas… et de toute façon le coup du bouquet pour te faire pardonner, c'est encore pire que de ne rien faire ! Comme si tu pouvais penser une seule seconde que onze pauvres roses suffiraient à me faire passer l'éponge sur ce week-end, le seul depuis des mois, que tu as salopé avec ton égoïsme !

– Donc, ce soir, tu as décidé de vider ton sac…

– C'est pas une soirée qu'il me faudrait pour le vider mais un week-end entier. Mais comme on n'en a plus fait depuis… Depuis combien de temps, déjà ?

– Un an…

– Ah ben tu vois, quand tu veux, tu n'as plus ta mémoire de poisson rouge. Sélective, d'ailleurs, parce que quand il s'agit de te souvenir qu'il y a un match important un samedi où on avait prévu d'aller dîner ensemble, là, bizarrement, tu t'en souviens !

– Tu exagères…

– Vraiment ? Samedi dernier, on a fait quoi ?

– Oui, mais cette rencontre-là, je pouvais pas la rater…

– Rassure-toi, à partir de ce soir, tu ne louperas aucun de tes foutus matches !

– Comment ça ? »

Élodie s'était soudainement levée, quasi théâtrale, pour m'asséner la tirade finale.

« Mais putain, Flo, tu n'as pas compris ? J'en peux plus, j'en peux plus !!! Je te quitte ! Pardon, c'est toi qui me quittes. Tu prends tes affaires et tu t'en vas… »

Elle en acmé, moi en apnée. C'est alors que la digue de ces mois passés à espérer que les choses changent avait cédé. Elle avait éclaté en sanglots mais ses larmes étaient tranchantes comme des lames de fond. Que je lui avais donc apparemment fait toucher…

« Tu veux dire que c'est fini entre nous ?

– Oui. Le temps que je sache si je suis capable de continuer cette vie avec toi.

– Donc tu me quittes le temps de savoir si tu vas vraiment me quitter… c'est ça ?

– Si tu veux… J'ai besoin de me retrouver seule, sans toi, pour faire le point.

– Le poing, je me le prends bien dans la gueule ! Et ça va durer combien de temps, ce break ?

– Je n'en sais rien, le temps qu'il me faudra pour savoir si je suis capable de continuer avec toi…

– Tu ne m'aimes plus ? Dis-le-moi, ce sera plus simple…

– J'aime encore celui que tu étais, plus celui que tu es devenu…

– Donc tu ne m'aimes plus ?

– C'est plus compliqué que ça… Je t'en prie, si toi tu m'aimes, accepte ce que je te demande… »

Je l'avais regardée longuement, ses cheveux blonds en bataille, son visage creusé par la fatigue, ses yeux rougis par la tristesse, sa mâchoire serrée par la colère, aussi. Son visage était le parfait résumé de la situation. J'avais pris une longue respiration. Et puis j'avais saisi ses deux mains.

« Je t'aime, alors je vais faire ce que tu me demandes. En espérant que tu me fais partir pour mieux me faire revenir...

– Ça, je ne peux pas te le promettre... »

J'avais serré ses mains très fort et l'avais attirée vers moi. Collé contre elle, j'avais à mon tour lâché quelques larmes avant de refermer très vite le robinet à drama. Pas envie qu'elle me voie comme ça, ma fierté oui, sa pitié non. Et puis je m'étais levé.

« Tu me laisses le temps de faire un sac ?

– Prends le temps dont tu as besoin...

– Vu que tu es aussi mon assistante, je t'aurais bien demandé de me réserver une chambre d'hôtel, mais bon, je vais me débrouiller...

– Flo...

– Élo ?

– Rien... »

« Flooooo ! » Là, ce n'était plus Élodie, mais ma mère. La douche tirait sur le froid. Absorbé par ce flash-back douloureux, je venais de vider le ballon d'eau chaude. Bon, allez, il faut que je me mette en position « papa » un minimum. Je débranche ma machine à ressasser, ce cerveau d'ordinateur qui me fait me demander si à force de passer mes journées devant un écran, je ne suis pas plus un Mac qu'un mec... Comme si je m'étais transmuté en disque dur, avec Élodie, notamment. Avec ma froideur logicielle, je me sais capable d'analyser chaque mot qu'elle m'a dit et d'en soupeser chaque intonation afin d'y voir le sens, la vérité ou les émotions dissimulés derrière. L'algorithme dans la peau. Même si au final mon besoin de rationnel a fini par se heurter à elle qui ne calcule pas ce qu'elle dit, ni ce qu'elle fait ; tout le contraire de moi. Élodie, c'est un animal qui marche à l'instinct et qui se terre quand elle est blessée. Ça devait faire des mois qu'elle se cachait à l'intérieur d'elle-même, exposant aux regards extérieurs l'image d'une femme épanouie dans son couple et dans son travail. Je comprends mieux pourquoi ces derniers temps elle avait arrêté de mettre du Rimmel : elle avait peur de se faire démasquer.

La journée a été horrible. Mes enfants n'y sont pour rien. Enfin si, un peu. Ils ont voulu aller à la plage, alors c'est ce qu'on a fait, avec, pour ma part, l'enthousiasme d'un cochon qui va à l'abattoir. Sauf que la plage, c'est encore pire : ça dure plus longtemps et souvent on doit y retourner. Franchement, quand j'étais dans le rôle de l'enfant, je ne m'imaginais pas à quel point ça pouvait être un calvaire pour les parents… Ceci dit, ça l'était déjà un peu pour moi puisque nous nous rendions l'été à Saint-Valery-en-Caux, en Haute-Normandie, et qu'aller à la plage là-bas, c'était passer de Charybde-les-galets à Scylla-l'eau-à-dix-sept-degrés. Autant dire que j'ai très vite abandonné l'idée de me tremper dans cette Manche vaseuse aussi transparente qu'un programme électoral – sauf qu'elle tient ses promesses : celle de vous retirer l'envie d'y mettre le pied car en plus, j'oubliais ce détail, il y a en bonus, enfin en malus, les algues en abondance qui vous donnent l'impression de vous baigner dans la soupe miso d'un restaurant japonais. Et ce n'est pas les « viens, elle est bonne ! », lâchés d'une voix frissonnante par mon père aussi bleu que son maillot de bain, qui allaient me faire changer d'avis.

Pour mon plus grand malheur, moi qui suis maintenant dans le camp d'en face, celui des parents, la Camargue est beaucoup plus engageante côté plage. Sable fin à perte de vue, dunes abritant du vent, mer bleue et affluence acceptable, si l'on se donne la peine de marcher un chouia afin de s'éloigner de la trilogie infernale parasols-pliants-glacières. Évidemment, comme chaque pas est une négociation digne d'une rencontre syndicat-patronat quand vous êtes avec deux enfants de neuf et douze ans, j'ai cédé en arrivant à l'Espiguette, et nous voilà à slalomer entre les serviettes, moi m'excusant du sable soulevé par les tongs de mon fils, eux traçant direction la mer dans l'espoir de trouver quelques centimètres carrés où se poser. Comme l'impression d'être sur un parking de centre commercial un samedi. Miracle, un couple avec un bébé se lève, je m'approche et me poste bien en évidence devant eux, comme ça, en cas d'apparition inopinée d'autres chercheurs de place, ils pourront témoigner que j'étais bien là le premier. Mes enfants, eux, sont déjà en maillot de bain et m'ont planté sur place avec tout le barda pour aller voir si elle est bonne. Ça y est, je peux installer le bivouac. Je déplie le parasol, le plante bien dans le sable, histoire de ne pas le retrouver au moindre coup de mistral planté en plein dans Gérard, quarante-sept ans, tourneur-fraiseur à Cambrai, en vacances dans la région. Le sable est brûlant, pieds nus, je sautille pour minimiser le contact entre ma voûte plantaire et le sol incandescent. Une danse ridicule qui a l'air d'amuser ma voisine de gauche, une blonde quadra dont le corps ressemble à un catalogue pour salon de tatouages : un tribal sur le bas des reins, des dates de naissance sur les poignets, sans doute celles de ses enfants, un scarabée sur l'épaule, une fleur de lys dans le cou et une citation à l'intérieur du bras. J'essaye de la déchiffrer discrètement quand mon fils me demande de lui mettre de la crème solaire pour pouvoir se baigner. Retour brutal sur Terre, enfin sur sable. Je le tartine abondamment pour éviter le coup de soleil et donc le coup de gueule de mon ex-femme qui s'ensuivra invariablement si je lui ramène le petit avec un érythème actinique. Elle qui ne manque jamais une occasion de me pourrir, je ne vais quand même pas lui en servir une toute faite sur un plateau. Son cocktail de bile et d'aigreur, très peu pour moi, j'ai suffisamment bu hier soir.

« Je peux avoir mon dauphin ? »

Suite du calvaire. Me voilà en train d'appuyer frénétiquement sur le gonfleur pour donner sa forme de Flipper à cette chose en PVC. Évidemment, l'instabilité du sol me fait riper un paquet de fois et la chaleur ruisseler sous mon tee-shirt que je n'ai même pas encore eu le temps d'enlever.

« Allez, allez, plus vite ! »

Je me mords la lèvre pour ne pas répondre à mon fils que s'il est pressé, il n'a qu'à le gonfler lui-même au lieu de me gonfler moi… La blonde à côté s'est retournée comme une crêpe pour attaquer le bronzage de sa face postérieure. Elle bouquine un magazine people dans lequel elle rêve sans doute d'apparaître un jour, paparazzée au bras d'un acteur hollywoodien. La probabilité m'apparaît assez peu élevée, Leonardo DiCaprio préférant pour une raison qui m'échappe des vacances à Porto Cervo plutôt qu'au Grau-du-Roi. Ça y est, le dauphin est prêt, je le traîne au bord de l'eau, précédé par le petit qui tape un sprint tout à son excitation et aplatit sans le faire exprès le château de sable d'un marmot en larmes.

« Vous pouvez pas faire attention, non ? me hurle le père de la victime.

– Désolé… »

Ça va, de toute façon, tôt ou tard, c'est son gamin à lui qui l'aurait détruit, histoire que son papa en refasse un. Je le sais, j'ai vécu ça pas plus tard que l'été dernier. Moi aussi j'ai eu ce torse vanille-fraise, blanc devant et rouge derrière, quand, accroupi sur le sable, je restais des heures dos au soleil à façonner des forteresses à coups de seau et de râteau pour Thomas et surtout pour faire le beau-papa idéal devant Élodie. Mon fils est entré dans l'eau sans marquer de temps d'arrêt, alors que moi j'ai freiné sec dès les premières éclaboussures. La vache, elle est fraîche. À vue d'orteils, vingt degrés grand maximum. Décidément, rien ne me sera épargné. Je le vois déjà agiter ses bras et me demander de venir faire du dauphin avec lui. Je temporise, des fois que cette très mauvaise idée lui passe. Mais c'est pas le fils de son père pour rien, je sais qu'elle ne lui passera pas. Alors, tel un condamné à mort qui s'avance vers le billot, je rentre dans l'eau. Doucement, très doucement, très, très doucement. Chaque centimètre est une souffrance. Et une torture quand l'eau se rapproche des parties sensibles. J'ai beau marcher sur la pointe des pieds pour retarder l'échéance, le moment finit par arriver. Je pousse un petit cri qui ne doit pas transpirer la virilité et reprends mon chemin de croix. Ma fille entre alors dans la danse et s'approche de moi en courant dans les vagues. Je n'ai pas le temps de réagir que me voilà aspergé d'une gerbe d'eau salée puis assailli par mes enfants qui ont décidé, sans doute sous couvert d'un jeu aquatique, de me faire payer la séparation avec leur mère. Ils essayent de me mettre la tête sous l'eau d'un air plus sadique que ludique et là je comprends qu'ils sont devenus, à force de conditionnement maternel, ses bras armés. Je suis pétrifié. Et pas seulement parce qu'elle est froide.

Sous la barre des soixante. Je suis passé sous la barre des soixante kilos. En me pesant aujourd'hui, seulement vêtu d'un tee-shirt, la balance a rendu son verdict aussi implacable qu'indéniable : soixante moins cent grammes – je connais le poids précis du tee-shirt pour me peser tous les matins –, ça donne 59,9 kilos. Obsédé par mon poids, moi? Oui. Définitivement oui. Avoir pesé quinze kilos de plus avec dix centimètres de moins à l'âge où il n'aurait pas fallu, l'adolescence donc, ça laisse des traces. Indélébiles. Enlevez le « in », enlevez le « lé », il reste « débiles ». Je sais, c'est ridicule, je suis sans doute maigre vu de l'extérieur, mais dedans, je me sens toujours gros. Un seul bourrelet ou des abdominaux aux abonnés absents suffisent à me faire paniquer. Ce gras que j'ai là, au niveau de la taille, c'est comme une gangrène qui n'attend qu'une chose : se répandre et gagner le reste de mon corps. Je dois lutter contre, chaque jour qui passe. Car il est là, perfide, guettant la moindre de mes faiblesses alimentaires. Alors je fais attention. Maladivement. Je suis d'une extrême force mentale pour combattre ce démon intérieur. C'est sans doute ça le problème : toute ma détermination, elle est placée là, face à l'ennemi. Et nulle part ailleurs. Sur d'autres terrains beaucoup plus essentiels. Comme Élodie. Enfin là, tout se rejoint. Si je mange moins, c'est parce que j'ai moins faim. Sans faire de psychanalyse à deux balles, avec ce concept – lacanien, je crois – qui consiste à mettre en rapport l'être et son verbe, les mots que l'on met sur ses maux (voilà un bel exemple), disons que tout ça… elle, nous, moi, ça me bouffe de l'intérieur. Une forme d'autosuffisance alimentaire qui explique que les nourritures extérieures soient refoulées à l'entrée de ma bouche. Et qu'elles n'insistent pas ou je montre les dents, comme un videur devant n'importe quel Macumba de province. Je la vois venir, l'étiquette qu'on va me coller, comme celles que ma mère cousait sur mes vêtements pour éviter qu'on me les pique au centre aéré. Quand j'y repense : coudre mon nom sur un sous-pull jaune en nylon, ça revenait à installer un système d'alarme hyper perfectionné sur une BX break diesel marron glacé : absolument inutile. Je m'éloigne mais ce n'est pas pour échapper à cette étiquette que vous venez de me badger sur le torse : « Anorexique ». Mental, s'il vous plaît. Disons que maigrir, c'est une façon de chercher à disparaître. À être de plus en plus transparent, à occuper de moins en moins d'espace. Un suicide à feu doux. Moins violent que le vrai, à base de saut du dixième étage ou de balle dans la bouche. Moins courageux, aussi. Ou plus positif, disons. C'est le suicide qui permet de temporiser, de ne pas tout jouer sur un seul coup… des fois qu'on vous tendrait la main. Qu'Élodie me tendrait la main. Auquel cas, là, évidemment, je m'empresserais de réapparaître et de regagner quelques kilos – enfin, quelques grammes, n'exagérons pas non plus. Ces calories du bonheur. Quand je suis heureux, il n'y a pas de doute, je suis dans le plus. Plus de nourriture, notamment. Mais pas que. Plus d'attention, de sourires, d'envie, d'entrain aussi. Pour le moment, je me dégonfle. Au sens propre. Normal. Je suis sa baudruche, Élodie est mon hélium. Et à force de l'avoir trop gonflée, elle m'a coupé l'arrivée d'oxygène. Sans aucun jeu de mots. Ou alors un jeu dangereux, car si elle a besoin de souffler, moi le souffle commence à me manquer.

Elle m'a laissé un message aujourd'hui alors que j'étais à nouveau à la plage. Elle me disait ceci, à la virgule près : « Bah moi ça va mieux, j'espère que toi ça se passe bien dans le Sud. » Dans un premier temps, spontanément, sans réfléchir, je me suis dit « c'est bien, je suis content pour elle ». C'est d'ailleurs, à la même virgule et toujours aussi près, ce que je lui ai répondu. Sans lui parler non plus. Sauf que, dans un deuxième temps, la moulinette s'est mise en surrégime. « La moulinette », c'est le petit surnom que j'ai donné à ma cervelle en hommage à sa capacité usante à tourner non-stop. Vingt-quatre heures sur vingt-quatre. Sept jours sur sept. Douze heures sur douze. Et là, le fruit de ma réflexion a pris des allures de citron. Acide. Voire amer. Si Élodie me dit qu'elle va mieux, c'est parce qu'elle a un poids en moins dans sa vie : moi. Un seul être vous manque pas tant que ça finalement et tout est repeuplé. C'est aussi simple que ça. Sans tomber dans le mauvais syllogisme, ça veut dire que ma cote vient de chuter dangereusement en l'espace de quelques jours, de quelques mots. Peut-être. Je n'en peux plus de ces « peut-être ». Et surtout de celui-là. Il est insupportable. C'est une épée de Damoclès prête à me tomber dessus. Et à me couper en deux bouts distincts : l'homme qu'elle a aimé et l'homme qu'elle n'aimera plus. En fait, je n'en sais rien. Elle non plus, sans doute. Enfin ça, je ne sais pas. Pour l'instant, elle ne m'a rien dit. Notre avenir s'inscrit toujours en pointillé. Ça sera plus facile si elle décide de le découper. Ah ça, ce n'est pas avec ce genre de raisonnement que je vais à nouveau affoler la balance. Mais qu'est-ce que je m'en… balance. Les mots, tout est dans les mots. Si j'avais toujours su trouver les bons, je n'en serais peut-être pas là.

Je repoussais ce moment au maximum, une procrastination coupable, mais je ne me sentais pas prêt. Je ne le suis toujours pas, mais le calendrier est impitoyable. Et la mémoire de ma mère aussi.

« Tu pars quand en Corse ?

– Normalement, le 2 août…

– Pourquoi "normalement" ? »

Parce que depuis quelques semaines, je ne suis plus en mode normal, mais ça, je ne leur ai pas encore annoncé. Je noie le poisson depuis mon arrivée, il y a de quoi faire une jolie soupe. Mais que pour l'instant je ne leur ai pas servie. Oui, *normalement*, le 2 août, après avoir eu mes enfants, je devais *normalement* m'envoler pour la Corse et rejoindre *normalement* Élodie pour passer *normalement* quinze jours avec elle dans la villa louée par ses parents. Une sublime maison à la déco certes un peu kitsch mais avec accès à la plage sur le golfe de Porto-Vecchio, ponton pour le bateau de son paternel et court de tennis à quelques mètres. Bref, tous les ingrédients pour un séjour réussi. Sauf que ça, c'était avant. Et depuis, on n'a plus abordé le sujet. Déjà parce que depuis qu'elle m'a fait sortir de son appartement et de sa vie, nos échanges sont réduits à leur plus simple expression, et aussi sans doute parce que pour Élodie, il est évident que cette séparation annule *de facto* toute forme de projets postérieurs. Pour moi, c'est différent : la raison voudrait que je pense comme elle, la logique aussi, voire la décence, car comment imaginer passer quinze jours avec mes peut-être futurs ex-futurs, si on se remet ensemble, beaux-parents ? Et son frère qui doit venir ? Et leur chienne, même si elle serait sans doute assez peu impactée par cette situation vaudevillesque ? Sauf que la raison, je l'ai égarée depuis mon exfiltration et que je n'arrive plus à mettre la main dessus. Donc dans ma petite tête, j'ai fini par m'autopersuader que bien sûr j'allais partir sur l'île de Beauté rejoindre la mienne qui m'accueillerait à bras ouverts, soulagée de retrouver son chéri qu'elle a eu tellement peur de ne plus jamais revoir après l'avoir mis dehors, elle est désolée, elle regrette, il ne faut pas que je lui en veuille, c'est fini, on oublie tout et on repart comme avant, en mieux, renforcés dans nos sentiments par cet accident. Dans une comédie romantique un peu paresseuse, ça se déroulerait comme ça. Oui mais là, il n'y a que moi qui me fais mon cinéma. On est le 30 juillet, et toujours pas de nouvelles d'Élodie concernant la Corse. Moi, évidemment, jusqu'ici je n'ai pas osé en demander par peur de me prendre un « non » agrémenté d'un « tu plaisantes, j'espère ? » en retour. Mais là je dois savoir, ne serait-ce que pour m'organiser un minimum, mes talents de nageur étant insuffisants pour rallier l'île par mes propres moyens. Mon téléphone est posé sur la table, je tourne autour, je m'approche de lui, le saisis puis le repose. Non, pas maintenant, il est 15 heures, elle doit être à la plage avec Thom, ce n'est pas le meilleur moment pour l'appeler. Ce soir, ce sera mieux. Oui, mais ce soir, elle sera crevée de sa journée ou peut-être dans un restaurant de plage en train de savourer un denti pêché le jour même et arrosé d'un verre de fiumicicoli. Non, demain matin, c'est l'idéal. Mais pas trop tôt, des fois qu'elle fasse la grasse matinée, sa mère se chargeant d'occuper le petit. Je tourne, je vire, je tergiverse, je n'y parviens pas, j'espère surtout que c'est elle qui va m'appeler tout en me doutant que ça n'arrivera pas. Elle n'a objectivement aucune bonne raison de vouloir me rapatrier au beau milieu de sa famille et de sa tranquillité sans doute retrouvée, pas envie que sa villégiature devienne une torture. Je serais elle, je me demanderais de ne pas venir. Mais je suis moi alors je vais lui demander. Je compose son numéro, j'ai le cœur qui monte en pulsations, je le sens battre dans ma tempe collée au téléphone. Ça sonne, je me racle la gorge pour m'éclaircir la voix, je me force à sourire pour ne pas avoir une voix d'enterrement. Pas de réponse. C'est horrible, cette attente. A-t-elle vu mon nom s'afficher et refuse-t-elle de décrocher ? Est-elle tout simplement loin de son portable, peut-être en train de se baigner ? Au final, messagerie…

« Salut Élo, c'est moi. Tu dois être à la plage. J'espère que tu vas bien et Thom aussi. Voilà, je t'appelle car je voulais savoir comment ça se passe pour la Corse. Je viens ou pas ? Sachant que j'étais censé arriver samedi et que je n'ai pas encore réservé d'avion. Je comprendrais que tu ne le souhaites pas mais bon, ce serait quand même, euh… ce serait… bref… rappelle-moi ou laisse-moi un message. Bisous… Je… »

« T'aime », mais le mot est resté dans ma bouche. Au passage, j'ai menti, j'ai évidemment bloqué un aller-retour il y a trois semaines, au cas où. Me voilà maintenant en position d'attente. Insupportable, interminable, insoutenable. La patience n'a jamais été mon fort, c'est même plutôt mon faible. J'ai déjà du mal quand c'est pour des futilités, une queue au cinéma, un colis en livraison ou même un plat à réchauffer au micro-ondes, alors quand c'est pour une décision qui peut impacter durablement mon avenir sentimental, on frôle l'inhumain. Pas le choix, il le faut. Je me dis bêtement que si j'y parviens, le destin ou je ne sais quel démiurge marionnettiste tireur de mes ficelles me récompensera. J'ai posé mon portable au pied du matelas et me suis allongé dans la pénombre. Je suis seul à la maison, mes parents sont partis assister à une course camarguaise, cette tradition où l'homme en blanc vient défier le taureau noir dans l'arène, mettant sa vie en danger dans un ballet où le respect et le courage dictent la chorégraphie au son du *Carmen* craché par la sono quand les deux touchent au sublime. Pas de mise à mort, non, elle aura peut-être lieu d'ici quelques secondes, minutes, heures sur mon lit. L'estocade sera téléphonique si elle a lieu. Ou pire, silencieuse, si Élodie ne prend même pas la peine de me répondre.

Je reste immobile, prostré, le regard fixé sur ce plafond aussi blanc que moi. J'ai l'impression d'être un cadavre qui attend son autopsie. Un moustique me tourne autour. Je n'ai ni l'envie ni la force de lutter. Il peut se poser et se servir, je ne vais pas l'en empêcher. Si, en me piquant, il pouvait m'injecter un anesthésiant, un somnifère, un antidouleur, il serait bien aimable et je lui rétrocéderais avec plaisir quelques millilitres de sang. C'est du A négatif, ça me correspond très bien. Je jette un coup d'œil au portable de temps à autre comme si ça pouvait changer quoi que ce soit sur l'éventuelle arrivée d'un message, d'un appel. J'ai finalement éclaté l'insecte. De frustration. *Ciao mosquito*. Et toujours pas de *buongiorno* Élodie. Y en aura-t-il seulement un ? Je ne suis sûr de rien. Moi, à sa place, pour être honnête, j'aurais déjà espéré que ce gentil garçon n'ait pas le culot de me demander si Corse ou pas. Je serais même en colère qu'il ose le faire. Car cela coule de source pour peu qu'on prenne la peine d'y réfléchir. Mais c'est fou comme une évidence ne l'est pas tant que ça quand on est amoureux. Ou qu'on prétend l'être… car cette insistance, est-ce vraiment de l'amour ou seulement de l'orgueil ? Sans doute les deux, mais qu'en est-il du dosage ? Je n'ai pas assez de recul encore pour le dire avec précision. À sa place, par principe de précaution, je lui dirais de ne pas se pointer, mais je ne sais pas les mots que je choisirais. « Ne viens pas », c'est violent, même accompagné d'un « je t'en prie », suivi, pour lui servir une pincée de culpabilité, d'un « si tu m'aimes ». Trop cruel pour claquer ça au visage de l'homme qu'elle a aimé, qu'elle aime peut-être encore, forcément, il ne peut pas en être autrement, le cœur est un palimpseste, et une nouvelle histoire ne gomme jamais vraiment la précédente. Mais lui proposer de venir, ce serait entrouvrir la porte, et ça, hors de question pour le moment. Sûr que pour Élodie, prendre la décision de m'éjecter, sans parachute en plus, a dû être une décision compliquée à prendre. Je n'irai pas jusqu'à compatir, le masochisme a ses limites, mais je l'entends. Difficile vis-à-vis de Thomas de le priver à nouveau d'un papa, compliqué dans le regard des autres qui se diront sans doute qu'elle est incapable de garder un mec et que ses échecs à répétition signifient peut-être que ce n'est pas eux le problème mais elle. Délicat d'un point de vue bassement matériel, vu que c'est moi qui assurais les principales rentrées financières du ménage. Horrible même, car appuyer sur ce bouton, c'était aussi prendre le risque que la bombe du regret lui explose finalement au visage. Perdu dans mon jeu de rôle, je sursaute quand retentit la sonnerie du téléphone. Au point de le faire tomber du lit. Même là, inscrite sur mon écran, « Élo » m'échappe ! En appuyant sur la touche « répondre », j'ai à peu près les mêmes sensations que si j'appuyais sur la détente en pleine partie de roulette russe…

« C'est oui, tu peux venir. Mais seulement une semaine… »

« BNC, dernier virage avant arrêt de l'appareil. »

Par le hublot, j'aperçois les montagnes encore vertes malgré la chaleur étouffante qui donne au tarmac des airs de plancha géante.

« Mesdames et messieurs, bienvenue à l'aéroport de Figari, il est 14 h 30, la température extérieure est actuellement de trente et un degrés. Au nom de tout l'équipage, je vous souhaite un bon séjour dans notre île de Beauté et espère prochainement vous revoir sur un vol Air Corsica. »

Prochainement, pour moi, ce sera le samedi suivant. Au plus tard, car je l'avoue, j'ai envisagé tous les cas de figure. Comme celui de repartir dès ce soir si je me sens comme un poisson dans l'eau de Javel. Après l'appel d'Élodie, j'ai fait des bonds, je crois même avoir hurlé de joie, comme si j'avais gagné un match de tennis au tie-break du dernier set face à un type mieux classé que moi. Puis l'excitation est retombée aussi vite qu'elle était montée pour faire place à l'anxiété. Comme si ce séjour autorisé constituait mon ultime chance de ramener Élodie sur le droit chemin, celui de notre couple. Comme si je n'avais pas d'autre fenêtre de tir que ces sept jours pour lui prouver qu'on est faits pour être ensemble. Comme si, comme ça… c'est au final l'état dans lequel j'étais depuis qu'elle m'avait envoyé ce SMS. Et avant de le faire dans l'eau turquoise de Palombaggia, c'est dans mes doutes que je n'avais pas cessé de plonger. Dès la sortie de l'avion, je me prends une décharge insulaire dans les narines, ce parfum unique de maquis baignant dans une légère brise marine chauffée à blanc par le soleil au zénith. Les montagnes mutiques et dressées fièrement ressemblent aux Corses qu'elles abritent. Au pied de la passerelle, la colonie de fourmis venues jouer quelques jours les cigales se dirige vers l'aérogare. Je ferme la marche. Élodie est venue me chercher et je devrais être pressé de la retrouver, mais l'idée qu'à partir de maintenant chacun des mots que je vais prononcer ou pas, chaque geste que je vais faire ou pas, chaque initiative que je vais prendre ou pas seront des pièces à conviction pour son dossier « Séparation » me paralyse. Mais ça, fallait y penser avant, et à vrai dire, c'est ce qui est arrivé, mon insomnie d'hier faisant foi : cette semaine, je l'ai voulue, je l'ai eue, alors à moi de me la jouer « même pas mal », de parvenir à passer ces quelques jours sans me prendre la tête et surtout sans lui prendre la sienne à pleurnicher, à l'implorer et à lui triturer le cerveau pour tenter de le retourner. Un homme qui perd toute dignité et se jette à ses pieds, ce n'est pas le genre d'Élodie, un mec-serpillière, elle aura envie de lui dire du balai. Et elle le fera. À l'extrême inverse, pas la peine non plus d'en faire des caisses pour me montrer sous mon meilleur jour, d'enfiler la panoplie de VRP de moi-même, d'essayer de lui vendre mon retour dans sa vie comme une « encyclopédie du bonheur retrouvé » qu'elle rangerait dans sa bibliothèque à la place de « la déception sentimentale pour les nuls ». Ça non plus ça ne prendrait pas. Non, le plus simple est finalement le plus compliqué : être moi-même. Enfin… nous-mêmes puisque dans mes cent quatre-vingts centimètres sur soixante kilos cohabitent un handicapé des sentiments, un égoïste déguisé en altruiste, un éternel adulescent, un garçon qui aime l'amour avec un grand A, un décalé permanent qui se planque dans le futur pour échapper au présent, et quelques autres qui font des réunions de copropriétaires dans un joli bordel où il est difficile de prendre des décisions. Je me dirige vers le tapis à bagages qui dégueule déjà les valises. Mon téléphone vibre. C'est Élodie.

« Je t'attends au dépose-minute. À tout de suite. »

Elle n'est pas allée jusqu'à m'attendre à la sortie de l'avion. Normal, elle marque déjà une distance. Ou alors le parking était complet, tout simplement. Et si je commençais ce séjour en arrêtant de tout interpréter ? J'ai récupéré mon sac de voyage et je me dirige vers la sortie. Devant moi, un couple, il la tient par l'épaule, elle par la taille, et tout en avançant, ils s'embrassent sauvagement. Y en a qui ont de la chance. Je les imagine déjà en train de faire l'amour à l'ombre des canisses, le chant des cigales couvrant leurs gémissements, les rayons du soleil caressant leur peau pendant que leurs mains font de même. Après, le visage éclairé par cet orgasme de retrouvailles, ils s'assoupiront main dans la main avant qu'ils ne soient réveillés par un coup de Klaxon… Non, celui-là n'est pas dans ma rêverie, c'est celui du 4 × 4 gris que conduit ma chère tête blonde. Une fois balancée ma valise dans le coffre, je monte dans la voiture, tout sourire. J'approche ma bouche pour l'embrasser, elle me tend sa joue.

« Ah…

– Flo…

– Oui, oui, pardon. C'est combien de bises, ici ?
– Deux, comme à Paris.
– Non, sérieux ? Comme les Pinzuti ? Eh ben, c'est plus ce que c'étaient, les Corses !
– T'auras qu'à leur dire quand on en croisera...
– Toi, tu veux vraiment te débarrasser de moi !
– Flo, ne commence pas avec tes allusions...
– Je pensais même pas à ça...
– C'est ça, prends-moi pour une conne. Je te connais par cœur ! Je suis capable de dire avant toi ce que tu vas dire.
– Élo, je peux te poser une question ?
– Pourquoi est-ce que j'ai accepté que tu viennes ?
– C'est ça...
– Tu vois, c'est ce que je te disais... Tu es tellement prévisible, mon garçon.
– Alors ?
– Alors, Flo, que les choses soient claires : ce n'est pas parce que tu es là que ça change quoi que ce soit entre nous. Je ne sais même pas pourquoi j'ai accepté. Par faiblesse, sans doute...
– Même pas un peu par amour ? »

Elle a pilé net sur la départementale avant de me fusiller du regard. Sans un mot. Dans ses pupilles, les mêmes éclairs que l'été dernier quand nous avions été surpris par un orage violent non loin des aiguilles de Bavella. En guise de paratonnerre, j'ai balbutié un timide « désolé ».

« Je peux encore faire demi-tour et te ramener à Figari, c'est pas un problème !
– Promis, je ne recommencerai plus. »

Bien sûr qu'elle ne m'a pas cru, comme elle le dit, elle me connaît trop pour avaler ça, elle sait que je suis un serpent à sornettes qui ne pourra pas s'empêcher de remettre ce sujet sur la table. Elle a redémarré dans un nuage de poussière.

« Au fait, tu as dit quoi à tes parents ?

– Rien, ce n'est pas leur problème…

– Mais s'ils me demandent pourquoi je ne reste qu'une semaine ?

– Tu leur diras que cette année tu dois rentrer plus tôt pour une raison X ou Y. Tu trouveras bien, après tout, avoir de l'imagination, c'est ton boulot ! »

Au loin se dessinaient les hauteurs de Porto-Vecchio, et pendant le restant du trajet on ne s'est plus dit un seul mot. J'observais Élodie. Son visage sévère et déterminé n'arrivait pas à altérer sa beauté. Sa peau déjà tannée par les heures à lézarder à la plage, ses taches de rousseur que le soleil avait tamisées sur ses joues, ses cheveux blonds éclaircis par le sel de la mer, ses petits seins à peine dissimulés par un marcel Petit Bateau, son short rouge en éponge d'où s'échappaient ses fines cuisses… C'était un supplice de ne pas les caresser, un calvaire de ne pas l'embrasser, et ça allait être comme ça pendant une semaine. À moins d'un miracle, que la proximité retrouvée et la douceur de l'été fassent opérer le charme.

« Mesdames et messieurs, je vous rappelle que, durant ce vol, il est interdit de fumer en cabine et dans les toilettes… »

Et se foutre en l'air, on peut ? Ces sept jours ont été un tel désastre qu'au final ils n'en ont duré que six. Je n'ai pas tenu jusqu'au bout. Comme je pouvais m'y attendre. Évidemment, je n'ai pas pu m'empêcher de la questionner à la moindre occasion sur ses sentiments, ses projets, ses envies et sur la place qu'elle me laissait dans tout ça. Évidemment, elle m'a envoyé balader. Évidemment, ses parents ont senti que quelque chose clochait. Évidemment, je me suis bercé d'illusions, mais trop près du mur qu'elle a dressé entre elle et moi. Le premier soir avait déjà donné le ton. Nous avions dîné avec ses parents et son fils au bord de l'eau, loup grillé pour elle, seiches à la plancha pour moi, le tout accompagné d'un patrimonio pour rester dans la couleur locale. L'ambiance était plutôt souriante. Me trouver dans la douceur de cette nuit étoilée suffisait à mon bonheur. Aux alentours de minuit, après la traditionnelle liqueur de myrte du patron, on était rentrés à la villa, Thomas endormi sur sa mère, collé à son doudou – un vieux lange qu'il chérissait depuis sa naissance et qui se réduisait comme une peau de chagrin de jour en jour et de lessive en lessive. Elle l'avait mis au lit pendant que je savourais un cigare sur la terrasse, les yeux hypnotisés par les volutes qui s'envolaient tutoyer le ciel constellé. Je ne pensais à rien. Enfin presque à rien. Il y avait quand même une question qui me taraudait depuis mon arrivée et que je n'avais pas encore osé poser à Élodie :

« Comment on fait cette nuit ?

– Tu viens te coucher ? »

À ma question, Élodie avait répondu par une autre, mais qui appelait la réponse que j'attendais. D'un coup d'œil, pour ne pas la mettre mal à l'aise, je vérifiais que ses parents n'étaient pas dans les parages.

« Je dors où ?

– Dans la chambre, avec moi… »

Je l'espérais secrètement, partant du principe qu'une proximité nocturne pourrait faciliter notre rapprochement. Et depuis le temps que ce n'était plus arrivé, son odeur douce, le son du frôlement de sa tête sur l'oreiller, la tiédeur de sa peau, même la froideur de ses pieds me manquaient. Les nuits passées ensemble, calmes ou agitées, étaient un aspect de l'addiction dont j'avais le plus de mal à me priver. J'aimais venir me coller derrière elle, mes bras autour de sa taille fine, mes mains sur ses petits seins et mon nez plongé dans ses cheveux. M'endormir ainsi et me réveiller exactement dans la même position, mon émoi matinal en guise de bonjour auquel elle répondait parfois en glissant mon sexe en elle. Moins ces derniers temps, je dois l'avouer. Le quotidien, quand il devient compliqué comme l'était le nôtre, a des vertus anti-aphrodisiaques. En entrant dans la chambre d'Élodie, je ne savais trop à quoi m'attendre. Ou plutôt, je savais ce que j'attendais en me doutant que ça n'arriverait pas. Dans l'obscurité, je la devinais sous le drap, un pied dépassant pour aller capter la fraîcheur de l'air du ventilateur. Je me déshabillai tout en me demandant jusqu'où. Habituellement, je dors avec un tee-shirt et rien en dessous. Mais là, je sentais inapproprié de me dévêtir autant, alors mon boxer m'a accompagné dans le lit. Je me suis glissé sous le drap et millimètre par millimètre je me suis approché d'Élodie jusqu'à effleurer son épaule.

« Flo… j'ai dit on *dort* ensemble, pas on couche ensemble…

– Ce n'était pas mon intention, je voulais juste te faire un bisou pour te souhaiter bonne nuit et te remercier de m'avoir laissé venir.

– Bonne nuit…

– Pas de bisou ?

– T'es chiant. »

Elle s'est retournée pour m'embrasser chastement, et moi, comme un con, j'ai essayé d'avoir un peu plus, ne serait-ce qu'effleurer ses lèvres. Dire qu'elle le prit mal est un doux euphémisme. En réaction à ma tentation et ma tentative, elle s'est levée brusquement. Qui se prend un vent, récolte la tempête.

« Puisque tu n'es pas capable de respecter ce que je te demande… »

Elle est revenue dans le lit et avec un long traversin-mur de Berlin qu'elle plaça entre elle et moi.

« Comme ça, au moins, on évitera ce genre de lourdeur à l'avenir. Et je te le répète, si tu es venu dans l'espoir qu'il se passe quelque chose, il vaut mieux que tu repartes demain. »

J'ai essayé de tenir dans ce climat hostile. L'espoir fait survivre. J'ai fait tous les efforts possibles pour rendre une copie parfaite, j'étais souriant, avenant, prévenant, marrant, conciliant, pas chiant et pourtant… Alors, l'ultime jour, sentant la partie perdue, j'ai rendu les armes. L'idée de partager une dernière nuit avec elle, peut-être la toute dernière de ma vie, m'était si insupportable que je me suis senti incapable de le faire.

« Je vais partir cet après-midi, Élodie, il y a un vol à 15 h 50…

– Ah bon, mais on avait prévu d'aller passer la journée à la Maddalena en bateau, on voulait se baigner vers Lavezzi et Cavallo puis aller manger un tiramisu…

– Je n'y arrive plus, Élo, je prends sur moi depuis le début de la semaine mais là c'est au-dessus de mes forces. C'est ma faute, je n'aurais pas dû venir, ça rime à rien, c'était une idée à la con… je suis incapable d'être avec toi sans être vraiment avec toi…

– Je t'avais prévenu, Flo, je ne t'ai pas pris en traître.

– Oui oui, tu n'as rien à te reprocher, c'est moi qui n'arrive pas à comprendre que c'est fini.

– Je ne t'ai pas dit que c'était fini…

– Arrête, Élo, c'est tout comme. »

Elle m'a pris les deux mains et m'a regardé dans les yeux. Les siens étaient rouges.

« Flo, je t'ai énormément aimé, trop peut-être. Et peut-être aussi que je t'aime encore. Sûrement même. Mais là n'est pas le problème. C'est une question de survie pour moi, j'étouffais dans notre relation et je reprends à peine ma respiration. Laisse-moi encore prendre l'air, c'est le meilleur moyen que je revienne vers toi un jour… »

Je n'ai pas su quoi répondre à ça. Je me suis contenté d'un :

« Ne t'embête pas, fais la journée bateau, je prendrai un taxi pour aller à Figari…

– Comme tu voudras… »

Ce n'est pas ce que je voulais mais c'est ce que j'ai fait.

« Monsieur, est-ce que vous pouvez relever votre tablette ? Merci. »

L'avion était sur le point de décoller. J'ai attaché ma ceinture, mis mon casque sur les oreilles, démarré la musique et retourné le couteau en faisant *play*. « *Mystère et suspense* » de la Fonky Family avec le sample de Toto, « *I won't hold you back* », le morceau qu'on écoutait en boucle avec Élodie en s'embrassant pendant des heures dans son appartement. L'Airbus A320 a foncé vers le bout de la piste. Au moment où il a décollé, je crois que j'ai espéré qu'il n'atterrisse jamais.

Déjà fin août. Je n'ai pas vu les vacances passer. Les enfants, que j'avais à nouveau récupérés après ma parenthèse corse, sont repartis chez leur mère, et moi je repasse du stade parent avec ses enfants à celui d'enfant chez ses parents. J'avoue, j'apprécie. Depuis qu'ils sont au courant, ils sont aux petits soins pour leur pauvre petit chéri honteusement quitté par la vilaine belle-fille. Ce n'est pas la version que je leur ai donnée mais c'est celle qu'ils ont retenue. Surtout ma maman, pour qui la perfection au masculin existe : son cher et tendre fils. Ce n'est pas une mère, c'est une publicitaire. Toujours à vanter les mérites de son Florian, si sérieux à l'école, si doué au tennis, si apprécié de ses copains, si brillant dans son travail, si attentionné avec ses enfants, si… si… « Si Maman si… Maman si tu voyais ma vie… » Elle l'a vue, mon père aussi. Un soir, après avoir mis la marmaille au lit, je me suis pris une question à laquelle je m'étais préparé.

« Bon, il se passe quoi avec Élodie ? On ne l'a pas vue de tout l'été…

– Et puis toi qui en parlais tout le temps, là, tu n'en parles jamais… »

Bon, d'accord, j'ai compris, ils ne me lâcheront pas tant que moi, c'est le morceau que je n'aurai pas lâché. Je prends une grande inspiration comme si j'allais plonger dans un océan de questions sans savoir quand je pourrai en ressortir.

« Avec Élodie, on a décidé de faire un break… »

Premier petit arrangement avec la vérité car le « on », c'est « elle ». Je n'assume pas de leur dire que j'ai été mis à la porte. Par fierté un peu, par incompréhension beaucoup. Car en vérité s'ils me demandent pourquoi elle m'a mis dehors, trois mois après, je suis toujours dans l'impossibilité d'apporter une réponse claire, précise et étayée à cette foutue question que moi-même je me pose depuis que la porte a claqué derrière moi. Pourquoi ? Élodie ne s'étant pas étendue sur le sujet depuis, j'en suis réduit à échafauder des hypothèses aussi solides qu'un château de cartes. À partir de bribes d'explications. D'accord, son divorce nitro, le mien glycérine ont rendu la situation explosive et nos ex respectifs ne se privent pas d'appuyer dès qu'ils le peuvent sur le détonateur. La mienne par jalousie de ma vie d'après, le sien par abandon de sa vie d'avant. D'accord, mon boulot a fait l'effet d'une mite sur notre vie de couple en cachemire, des petits trous qui ne cessent de s'agrandir et que j'essaye de repriser avec des promesses que je ne tiens pas et des bouquets de roses couleur pansement, bref avec un fil barbelé qui provoque l'effet inverse sur le tissu de notre relation. D'accord, son fils qu'on a quasiment à plein temps et mes enfants qu'on n'a pratiquement jamais ont créé malgré eux une situation ubuesque dans laquelle je suis le père d'un enfant qui n'est pas de moi et pas celui de ceux qui sont les miens. Même si j'aime beaucoup Thomas, je culpabilise du temps passé avec lui, des câlins que je lui fais, des cadeaux que je lui offre alors que c'est Julie et Romain qui devraient en bénéficier. D'accord, elle m'a envoyé des signaux – ces fameux signaux que les femmes sont persuadées d'avoir adressés et que les hommes sont persuadés de n'avoir pas reçus –, mais ils ont dû s'évaporer en route. Pourtant le chemin entre sa bouche et mes oreilles n'est pas si long, même si ces derniers temps cette usure pernicieuse nous avait sans doute éloignés. Rien de bien flagrant, juste un peu moins de tendresse, de complicité, de sexe aussi. Sans s'en parler, on avait mis ça sur le compte de la fatigue. D'accord, d'accord. Mais non, pas d'accord ! Ça ne peut pas suffire à tout expliquer…

« Un break ? Tu veux dire que vous vous séparez ?

– C'est la définition d'un break.

– Décidément…

– Décidément quoi ?

– Toi et les femmes…

– Maman, s'il te plaît.

– De toute façon, Élodie, tu sais…

– Je sais quoi ? »

En fait, je sais. Ma mère n'a jamais vraiment porté Élodie dans son cœur. Sans vraiment me donner d'explications probantes, juste des phrases inachevées qui voulaient tout dire pour elle mais rien pour moi. Comme « Élodie, elle est un peu… Tu m'as comprise. » Non, je n'ai pas compris. Ou le classique « moi, je ne m'en mêle pas, mais ça ne m'étonne pas d'Élodie. » Tu ne t'en mêles pas, mais là tu viens quand même un peu de le faire, non ? Cette méfiance, cette défiance, au-delà d'un réflexe maternel protecteur niveau écran total face aux rayonnements féminins sur son fils préféré et néanmoins unique, a sans doute pris sa source dans une broutille. Elle a pu se froisser un jour parce qu'Élodie avait oublié de lui souhaiter son anniversaire. Et à son âge, un petit soixante-dix ans bien tassé, on a tendance à se braquer bien plus vite que l'on ne se déplace. Pas besoin de canne pour la vexation. Si ça se trouve, ce n'est même pas ça, juste qu'elle ne la « sent » pas.

« Maman, s'il te plaît, ne commence pas ! Un break, ça ne veut pas dire que c'est fini… »

Deuxième petit arrangement avec la vérité. Les mots d'Élodie au moment où elle m'a congédié – et comment les oublier : « Flo, je vais être honnête avec toi : ne me demande pas de te dire maintenant ce qui va nous arriver ! Je n'en sais rien. Ne m'y oblige pas, parce que là, ce serait plutôt "on arrête" », avaient plus le goût d'un préavis de décès que d'une bande-annonce de retrouvailles. Elle a laissé la porte ouverte, au figuré, mais pas suffisamment pour que je puisse m'y glisser. Un peu de doute, un peu de peur, un peu de lâcheté, un peu de honte, tout ça mélangé l'a conduite à ne pas prononcer de sentence définitive. Mais mon optimisme naturel m'amène à penser que « *ite missa est* » pour les croyants, « *alea jacta est* » pour les autres, et « *veni, vidi, fini* » pour moi.

« Qu'est-ce que tu vas faire ? »

Mon père, plus terre à terre, vient de poser la *vraie* question. La seule qui compte en vérité. Je passe tellement de temps à regarder en arrière pour essayer de comprendre que je n'ai pas pris celui de jeter un œil devant. Peut-être aussi parce que si derrière c'est le chaos, je pressens que devant c'est le vide.

« J'en sais rien… »

Troisième petit arrangement avec la vérité. Je sais très bien ce que je vais faire : rien. Attendre, espérer, espérer qu'attendre la ramènera à la raison. Si la raison est évidemment de se remettre ensemble. Pour moi, oui, bien sûr, pour elle, cela semble moins évident, et sa discrétion depuis mon retour de

Corse est peut-être déjà le signe avant-coureur de la suite de notre histoire. À savoir qu'il n'y en aura pas.

« En tout cas, tu sais que nous, on est là pour toi. Ce qui compte, c'est que tu sois heureux. »

Oui, mais pour être heureux, Papa, ce n'est pas de votre présence à vous dont j'ai besoin, là.

« Merci, c'est gentil… »

En discutant avec eux, machinalement, comme je le fais depuis que je suis tout petit, je griffonne un bout de papier avec un stylo bille. Des formes anarchiques comme des émanations de mon cerveau tourmenté, l'expression abstraite de ces tonnes de questions que je me pose en permanence. Si seulement je savais aussi dessiner les réponses…

« Tu veux un café ? »

C'est ce qu'on propose généralement lors d'une conversation un peu intime ou tendue quand justement on ne sait plus trop quoi dire. Une sorte d'échappatoire dissimulée sous un geste sympathique. On espère que le temps que le café coule dans la tasse, une amnésie frappera la conversation et la fera repartir sur un autre sujet. La caféine pour s'échapper, drogue douce planquée dans le placard de la cuisine.

« Sucre ?

– Oui… comme depuis trente ans.

– Je ne me souviens jamais si tu prends avec ou sans.

– C'est pas grave, moi, je ne me souviens jamais du jour de ton anniversaire !

– Le 25 novembre.

– Et moi, un demi-sucre pour un expresso.

– Ah flûte, j'ai que des sucrettes…

– Tant pis, je t'offrirai du sucre à ton anniversaire, le 22 novembre…

– 25 !

– Je sais, Maman, je plaisantais. »

Et voilà, on avait changé de sujet. Ma bouche oui, pas ma main. Totalement désintéressée par la conversation, elle avait continué à tracer des traits, des boucles. J'ai jeté un œil sur la feuille : pendant ces considérations sucrières et calendaires, j'avais dessiné une suite de « e », celui d'Élodie, qui formaient une spirale, celle, infernale, dans laquelle elle m'avait plongé. Mon inconscient ne l'était finalement pas tant que ça.

Aujourd'hui, la mer était agitée. Moi aussi. Et pour cause, c'est mon dernier jour de vacances avant de rentrer à Paris. Et surtout dans l'inconnu. Alors j'ai surfé sur ses vagues et sur celles que j'ai à l'âme. Bilan, un peu de plaisir et pas mal de douleur. Je me suis pris un Bodyboard dans le ventre et Élodie au téléphone. La planche m'a laissé un bleu sur le torse. Elle, la même chose, sur le cœur. Encore une fois, c'est ma faute. À m'en gifler. Je n'ai pas su, pas pu résister à l'envie de lui faire savoir qu'elle me manquait et que de ne pas savoir si la réciproque était un minimum vraie me rendait fou. C'était à peu près le contenu de son message. La chose à ne surtout pas faire. Ou bien, si, à faire pour marquer des points en moins. Élodie a déjà mal parce qu'elle a l'impression de me faire du mal, si en plus, je me manifeste en revêtant ma panoplie du parfait petit désespéré, je ne fais qu'appuyer encore un peu plus là où ça lui fait mal. Mais, je n'en veux pas, de sa pitié, il n'y a rien à bâtir là-dessus. Terrain non constructible. Je veux seulement qu'elle décide où elle veut aller. Sa direction dictera forcément la mienne. Comme pour évacuer cette pression que je lui mets, elle m'a dit : « De toute façon, à la rentrée, je sais que je ne serai pas à nouveau méga amoureuse de toi. » Merci pour l'info, je m'en doutais un peu. Je peux être doux-rêveur, utopiste même, mais pas au point d'imaginer que sur son transat, entre deux plongeons, alors que les rayons du soleil faisaient sécher une à une les gouttes sur sa peau encore frissonnante, elle ait eu la révélation : Flo me manque horriblement, j'ai envie qu'il se téléporte, là, maintenant, à côté de moi, je suis folle de lui et surtout folle de l'avoir laissé partir. Et si jamais c'était le cas, il faudrait appeler très vite un médecin : c'est une insolation.

Alors que je fais ma valise avec la motivation du niveau de mon moral, j'essaye d'imaginer la suite. Ma suite. Élodie n'a rien décidé, ce n'est pas la peine de me faire d'illusions et de fantasmer sur le calendrier. J'en suis réduit à quoi ? À attendre une semaine, un mois, un an… Et attendre quoi ? Qu'elle rencontre quelqu'un d'autre ? Là, c'est sûr, elle sera méga amoureuse, mais de lui. Soit à décider pour elle. Donc la quitter. Sauf que voilà, la quitter, c'est à peu près la dernière chose que j'ai envie de faire au monde, juste après me foutre en l'air. Pourtant, si c'est le dernier recours, la vitre à casser en cas d'urgence, on la cassera. Il vaut mieux ça que de commencer à faire semblant. Je n'ai vraiment pas envie que ma vie ressemble à une partie de Sims grandeur nature. Ceci dit, si c'était le cas, je pourrais peut-être revenir à la dernière sauvegarde et éviter de refaire les mêmes erreurs. Est-ce que j'en serais capable, au moins ? Dans les jeux vidéo, il y a toujours tôt ou tard une solution pour finir sa partie. Mais là je ne joue pas et il n'y a plus personne pour m'aider à aller au bout. Enfin, si…

Huit heures de route – si tout le monde n'a pas eu l'idée saugrenue de rentrer à Paris en même temps que moi – et un kit main libre, ça laisse le temps de passer quelques coups de fil et de faire un audit de la situation. Je ne l'ai pas fait avant, par manque de courage, d'envie, peut-être par honte, aussi. Mais là, alors que chaque kilomètre avalé me rapproche de la dame de fer – et je ne parle pas de la tour Eiffel –, j'ai besoin d'entendre d'autres voix que la petite qui trotte dans ma tête. Celles de mes proches, des plus aux moins proches. Comme si eux avaient la lampe torche qui me guidera pour sortir de ce brouillard. Et dans ce genre d'affaires, c'est comme pour le football ou la politique : tout le monde a un avis, tout le monde se mue en consultant en couples, spécialisation « battage d'aile ». Du côté de Montélimar, j'ai les constatateurs : « C'est dommage, vous alliez si bien ensemble... » Je suis au courant, mais ça ne me dit pas comment faire pour qu'on aille à nouveau bien ensemble. À Valence, les révélateurs : « Je ne t'avais rien dit mais je sentais bien que ça allait moins bien entre vous... » J'aurais préféré que tu me le dises, ça m'aurait peut-être permis de freiner juste avant de me prendre le mur. À Lyon, les annonciateurs : « Ne t'inquiète pas, elle va revenir ! » Et tu te bases sur quoi, précisément, pour être aussi sûr de toi ? À Beaune, les fossoyeurs : « Une femme qui prend ce genre de décision, y a pas de retour en arrière. Quand ça fait crac dans sa tête, c'est mort, y a pas une seule colle au monde qui peut réparer ça ! » À Auxerre, les consolateurs : « C'est un mal pour un bien, tu vas avoir plus de temps pour toi, pour tes projets personnels, pour faire du sport, pour qu'on se voie, aussi. Et puis tu sais, des filles bien attirées par un mec comme toi, tu secoues un arbre, il en tombe dix ! » Oui, enfin là, l'arbre, j'ai surtout envie d'y accrocher une corde et de me pendre. À Fontainebleau, je me demande s'ils me veulent vraiment du bien ou s'il n'y a pas derrière leur apitoiement, leurs encouragements, juste l'envie de se valoriser et de se rendre indispensables. Mais toutes ces belles paroles s'envolent aussi vite qu'elles se sont posées sur mon désarroi. Car ça se joue entre moi et moi. Personne ne peut et ne pourra dire à ma place ce qu'il y a au fond de moi. Au fond du trou, en l'occurrence. Que va-t-il s'y passer ? Vais-je mettre le pied pour rebondir ou la main pour creuser encore un peu plus ? L'avenir le dira. Sauf qu'il est désespérément muet, l'avenir. Dommage, j'aurais aimé savoir si je dois déjà commencer à le conjuguer au passé. Surtout le féminin de la troisième personne du singulier. Porte d'Orléans, je ferais bien demi-tour. Ça bouchonne sur le périphérique. Dans la voiture à côté de moi, un couple rigole avant de s'embrasser tendrement. Les gens heureux n'ont vraiment aucune décence.

« Allô ! Élo…

– Flo…

– C'est moi, enfin ce qu'il en reste… »

Mais ferme ta gueule, commence pas à faire ton Calimero ! Tu trouves ça sexy, un paillasson ? Ressaisis-toi !

« Je voulais savoir si je pouvais dormir à l'appart ce soir ?

– Flo…

– Quoi ?

– Je t'ai demandé quoi, quand tu es reparti de Corse ?

– Je sais… Mais c'est-à-dire que… je pensais que…

– Tu pensais qu'une fois les vacances passées, tu pourrais te pointer la tête enfarinée et que ça repartirait comme si de rien n'était ? Tu es où, là ?

– En bas de l'appart…

– Tu me fais chier, Flo ! Bon, écoute, je rentre de chez mes parents lundi pour la rentrée de Thom. Ça te laisse six jours pour trouver un endroit où dormir. Pas un de plus !

– Donc ça veut dire que tu n'as pas décidé pour nous… »

Je l'ai entendue pousser un hurlement, comme de la rage, et puis elle a raccroché brutalement. Dans la foulée, j'ai envoyé un « Désolé et merci ». SMS lu mais non répondu. Je suis sonné, ces mots m'ont fait l'effet d'un uppercut au foie. Je vide la voiture comme un zombie et monte dans l'appartement. La nuit tombe mais je n'allume même pas la lumière. Je pose mes affaires dans l'entrée, je n'enlève même pas ma veste. Comme si j'essayais d'être là sans y être, ne pas déranger, histoire de me faire pardonner d'être là alors qu'elle ne le souhaite pas. Je suis incapable de rester là, c'est trop dur. Je ne me sens pas dans un appartement mais dans un cimetière. Je m'assois à la table du salon, je prends quelques feuilles blanches. Voilà, je vais faire ça : puisque je ne peux pas lui dire les bons mots, je vais les lui écrire. Et lui laisser la lettre pour qu'elle la trouve à son retour. Pour la première fois de ma vie, je ressens cette angoisse de la feuille blanche. Et aussi de la feuille pleine. Vais-je trouver les formules magiques qui vont la toucher, et pourquoi pas, la retourner ? J'ai l'impression que chaque milligramme d'encre que je dépose sur le papier pèse une tonne.

Mon amour (excuse-moi pour le « mon », ça donne un côté propriétaire alors que tu n'appartiens qu'à toi-même), nous sommes à un tournant de notre vie. Et c'est toi qui conduis. Soit on sort de ce virage tous les deux, et derrière, je te promets, notre vie sera comme une autoroute. L'A6, celle du soleil. Sans bouchon, sans panne des sens, sans excès de zèle ou de vitesse. Plus rien ne nous arrêtera, on éclatera la barrière de tous les péages qui se dresseront devant nous. Soit dans le virage, je suis éjecté de la voiture par la porte passager. La fameuse place du mort. Après tout, je n'avais qu'à bien fermer ma portière. Et là, tu continueras seule. Avec une place à prendre à tes côtés. J'espère au moins que tu ne te jetteras pas sur le premier auto-stoppeur. Je sais, les métaphores routières, ce n'est pas forcément très poétique pour une femme. Si tu veux, enclenche la marche arrière de cette lettre et reprenons à « mon amour ». Je ne te refais pas la parenthèse. Je voulais juste que tu saches une chose. Essentielle. Avec toi, je suis bien. Sans toi, je ne suis rien. Bien ou rien. C'est toi qui vas décider de la consonne.

Je n'ai pas relu cette lettre. De toute façon, je ne l'ai pas laissée. Je lui ai déclaré ma flamme. D'un coup de briquet. Et en la voyant se consumer, je me suis convaincu que c'était mieux ainsi. Ridicule, le coup de « ma vie ne tient plus qu'à une lettre ». En plus laquelle ? L'R qui me manque depuis qu'Élodie n'est plus amoureuse de moi ? Le D qui est jeté et qui ne s'est pas encore arrêté ? Le Q qui me manque aussi, avec cette séparation ? Ou la N que j'ai après moi-même pour ne pas avoir vu à temps que j'étais en train de faire de notre histoire d'amour un crash-test ? Ridicule et inutile : à quoi bon lui mettre la pression de la décision à part la pousser vers celle qui sera pour moi la mauvaise ? Je regarde fixement ces mots réduits en cendres. Que je balaye d'un revers de manche. Extinction du feu.

Demain, je reprends la matinale. Et comme chaque veille de retour à l'antenne, impossible de trouver le sommeil. Heureusement, ce ne sont pas les sujets de réflexion qui manquent et j'ai de quoi noircir ma nuit blanche. Je tourne dans ce lit qui ne sera bientôt plus le mien. Où vais-je aller ? J'ai six jours pour trouver un point de chute et les options sont limitées. Retourner à l'hôtel en est une mais je ne peux pas y rester indéfiniment, ça n'a pas de sens. Il y a l'option résidence hôtelière, plus adaptée à une longue durée. Je pourrais aussi me mettre en quête d'un appartement à louer, mais au fond de moi je ne suis pas prêt à franchir ce pas. Faire ça, c'est accepter l'inacceptable : que c'est fini avec Élodie et que je dois écrire une nouvelle page. Immobilière pour commencer et pourquoi pas sentimentale pour continuer. J'en suis incapable, j'espère encore au fond de moi qu'Élodie me demandera de revenir vivre avec et chez elle. C'est totalement stupide, puéril, débile. D'autant qu'elle ne m'a envoyé aucun signe dans ce sens-là depuis mon départ de Porto-Vecchio. L'espoir fait vivre dans le déni. Je vais donc rester dans une forme de précarité logistique pour l'apitoyer si elle l'apprend. Et je ferai en sorte que ce soit le cas. Et pour pouvoir revenir au plus vite si j'ai son feu vert. Bref, je joue mon va-tout sur le sujet logement.

L'insomnie se poursuivant, je m'installe dans le salon qu'éclaire à peine le bout de ma cigarette et me lance dans un dialogue de sourds. Entre moi et moi. Et le sujet n'est pas d'une folle originalité :

« Pourquoi est-ce qu'Élodie a tant besoin que ça d'être loin de moi ?

– Elle l'a dit, elle a besoin de souffler. Parce qu'elle a mal, aussi. Mal d'avoir été amoureuse de moi, de s'apercevoir qu'elle s'est encore trompée de cheval, d'avoir l'impression que sa vie sentimentale tourne à la malédiction…

– Raison de plus pour me donner une nouvelle chance, on dit bien qu'il faut soigner le mal par le mal…

– Mal, M-a-l ou Mâle, M-â-l-e ? À moins que ce soit Malle, M-a-l-l-e puisqu'elle a choisi de se la faire !

– C'est ça, tu fais le mariole avec moi mais quand tu es au téléphone avec Élodie, là, tu changes de registre. C'est œil humide, gorge nouée et voix tremblante, la trilogie du mec qui fait pitié et pas envie !

– Et alors ? J'ai le droit de mal la vivre, cette situation ! Et même celui de montrer ma faiblesse.

– D'accord, et encore, on peut en rediscuter, mais de là à l'afficher comme un grand panneau "Soldes" à l'entrée d'un magasin, histoire de bien être sûr d'attirer son attention, il y a peut-être un réglage intermédiaire à trouver. Disons que trop de "ah je souffre" tue le "ah je souffre"…

– Je sais, je ne suis pas le spécialiste mondial de la finesse et de la demi-mesure. Tout comme je ne serai jamais le recordman de la patience. J'essaye, pourtant, je fais des efforts, mais pour le moment, j'ai le niveau champion départemental… Et puis je dis "soldes", mais c'est Élodie qui parle de solder notre histoire.

– Ce verbe, d'ailleurs… je n'arrive pas à comprendre le sens qu'elle a voulu lui donner vraiment. Solder, ça veut dire "liquider tout avant fermeture définitive de notre vie commune" ou alors "faire l'inventaire et déstocker pour repartir mais cette fois avec la nouvelle collection, un moi disons plus adapté à ses goûts du moment"?

– Je crois de toute façon que je m'attache trop au moindre mot qui sort de sa bouche. C'est une femme, pas un dictionnaire. Plus instinctive, plus intuitive que moi. Elle s'exprime spontanément, sans calcul, sans passer chaque phrase par le tamis du "si je dis ceci, il va penser cela" ou le filtre du "attention, un mot peut en cacher un autre".

– Oui, mais là peut-être a-t-elle quand même mis sa langue sur la position "ne pas trop lui faire de mal". Et c'est pour ça qu'elle dit qu'elle m'aime même si elle n'est plus amoureuse de moi.

– Et si c'était juste spontané et la réalité de ce qu'elle ressent?

– Certes, mais en semant ces mots-là à tout vent, Élodie ne joue pas les Larousse. Elle ne fait pas des finesses verbales, une pirouette de vocabulaire comme j'en use pour essayer de faire passer un message bien plus simple. Et si je n'étais plus celui avec qui elle veut construire son existence ? Plus vraiment un Amour, encore moins un Amant, à peine plus qu'un Ami…

– Et si simplement Élodie avait voulu me dire "J'ai toujours des sentiments pour toi, ils ne sont tout simplement plus assez forts pour qu'on puisse parler d'amour". Avec le A de "arrête de croire que la flamme peut repartir en une seule étincelle". Car nos pieds ne sont plus sur des braises mais sur des cendres. Des cendres qu'elle veut balayer. Pour voir si, en dessous, une fois le ménage fait, elle pourra rallumer un feu, le jour où elle aura croisé une nouvelle allumette…

– Allez, arrête, je m'en prie… Comment puis-je avoir une chance de redonner des couleurs à notre histoire en passant mon temps à broyer du noir ? Comment est-ce qu'en jouant les Claude François version "Le Mal aimé" ou "Le téléphone pleure", Élodie peut avoir envie à nouveau de "Lundis au soleil" ?

– Comme d'habitude, je pars battu ? Alors à quoi bon essayer de se battre… »

Je n'ai rien à me répondre à ça. J'ai fini le paquet, ma dernière cigarette s'envole en fumée, mais j'ai l'impression que c'est moi que j'écrase dans le cendrier.

J'ai repris le travail. Je devrais dire le collier, tant je me sens attaché à mon boulot comme un clébard à sa niche. D'ailleurs, j'ai un mal de chien à m'y remettre. Je donne le change, ça, je sais faire, et mon bronzage estival dissimule la blancheur de la nuit dernière. Pour le reste, plus rien n'a de saveur. Je n'ai le goût ni à travailler, ni à manger, ni à rien. Une sorte d'apnée prolongée. Mais jusqu'à quand ? Je surnage, accroché à une bouée qui se dégonfle un peu plus chaque jour. Je dérive sans trop savoir si je me rapproche de son rivage ou si le courant m'entraîne au large. En attendant, j'ai échoué – un verbe qui me va comme un gant en ce moment – pas loin de mon ancien domicile conjugal. À trois cents mètres à vol d'oiseau de malheur, chez un ami qui rime avec gratuit. Cette touche de matérialisme peut sembler terre à terre, voire vulgaire, sur la grande toile sentimentalo-dépressive que je suis en train de peindre, mais pendant que je cours après Élodie, derrière moi il y a la réalité qui me rattrape. Avec mon divorce, j'ai appris à mes dépens que se séparer, c'est tout un budget, un luxe loin d'être à la portée de tous les porte-monnaie. J'y ai laissé une maison, une voiture et quelques illusions. Quand une vie d'amour se termine, l'eau fraîche se transforme en douche froide. Avec Élodie, nous ne sommes pas mariés, mais si en plus de payer le loyer de « notre » – redevenu « son » – appartement, je dois financer mes nuits d'hôtel, ça ne va pas être jouable très longtemps. D'ailleurs, pourquoi continuer à payer ma part de l'appart ? Sans doute pour lui mettre une petite pression financière, lui donner l'impression que je suis malgré tout indispensable à sa vie, que me quitter, c'est aussi quitter son confort. Pas très noble, je l'avoue, mais je me bats avec les armes que je trouve et, à vrai dire, mon arsenal n'est pas très fourni. C'est surtout pour me rassurer, comme si le fait qu'elle vive toujours sur le lieu de notre bonheur était la preuve que nous sommes séparés, mais pas définitivement. Juste temporairement. Qu'il reste quelques miasmes de notre passion originelle pour la faire retomber dans la maladie d'amour pour moi. Et puis, lui enlever l'épine de trouver un nouvel appartement moins cher du pied au cas où je cesserais de payer, c'est lui faire gagner un peu de temps pour peser mon pour et mon contre.

Je pense à tout ça, allongé sur le lit qu'on m'a gentiment octroyé dans cet appartement familial dont le balcon où je me réfugie pour fumer offre la vue sur un bout de tour Eiffel, qui apparaît au-dessus du toit voisin. Un lit pour enfant, puisque c'est la chambre du cadet, rapatrié chez son aîné – ce qui explique peut-être qu'il me regarde de travers, ou alors c'est parce que j'affiche mon amour inconditionnel pour le club de foot ennemi de celui qui décore son pyjama ; on va dire que c'est du 50-50. Sur les murs, le papier peint voitures de Formule 1 est recouvert de posters – des joueurs de foot évidemment –, surplombant des peluches qui ont l'air de s'être faites à l'idée qu'elles appartenaient à un passé désormais dépassé, l'œil en plastique inquiet à la pensée d'être expulsées au prochain vide-greniers. Je compatis avec elles, moi qui ai connu cette mise à la rue il n'y a pas si longtemps. Sur le côté, un bureau en kit égayé par quelques autocollants échappés sans doute d'une boîte de fromage en portions. Il n'y a rien qui ressemble plus à une chambre d'enfant qu'une autre chambre d'enfant. Celle-ci pourrait être celle du pavillon de banlieue sud où j'ai grandi, où j'ai écrit mes premiers poèmes pour des filles à qui je ne les ai jamais donnés, où j'ai connu mes premiers émois avec les pages coquines de magazines de vidéoclubs, où j'ai révisé mon bac, un œil sur les annales, l'autre sur Roland-Garros, où j'ai un jour pris mes affaires pour aller vivre avec celle qui allait devenir ma première femme. Seuls diffèrent les idoles sur les affiches, les artistes sur les disques et les personnages sur les stickers. Tout le reste sent bon cet âge doré où la vie est aussi naïve et colorée que dans un dessin animé. Malgré le décalage, je me sens bien dans cette chambre, presque réconforté, comme dans un cocon. Et puis, Fred et sa femme Karine sont aux petits soins pour l'invité que je suis. Comme dans une clinique de luxe, on s'occupe de moi, on me demande régulièrement si tout va bien, si je n'ai besoin de rien. Ils me traitent comme un oiseau tombé du nid qu'ils auraient recueilli. C'est un peu ça, finalement. Moi aussi j'ai laissé quelques plumes dans l'histoire. Évidemment, j'assiste en direct au spectacle que je n'ai pas réussi à monter moi-même, celui d'un couple complice avec deux garçons qui se chamaillent juste ce qu'il faut, la famille heureuse dans toute sa splendeur. Ou dans toute son horreur, pour moi qui n'ai pas été foutu de réussir alors que ça a l'air si simple en apparence. Sans doute donnent-ils le change devant moi. La réalité n'est pas aussi rose que ça, le téléphone portable de mon ami Fred posé systématiquement écran face à la table après avoir répondu à des SMS tardifs faisant foi. Ou pas. Ne m'en déplaise, même si c'est une espèce en voie de disparition, il y a encore de nos jours des couples qui résistent à l'usure du temps et des tentations. Des gens bien qui n'ont pas cherché à savoir vraiment pourquoi j'étais soudain sans domicile fixe. Ils en ont sûrement suspecté la raison mais ont eu la délicatesse de ne pas mettre ce sujet sur le tapis oriental de leur salon avant que je ne le fasse moi-même.

Comme tous les soirs avant de m'endormir, je fais défiler sur mon mobile des photos d'Élodie. Cette fois encore, au détour d'un cliché, sans m'en rendre compte, l'ado en moi surgit et, faute de pouvoir poser les lèvres sur la bouche d'Élodie, les colle contre l'écran. Pathétique et inquiétant… Pourvu que ce temps que je lui offre, elle l'utilise pour se pencher un peu sur le dossier « Nous ». Dire qu'en quelques minutes, si elle me le proposait, je pourrais passer de ce lit au sien. Il faut avouer que si j'ai accepté d'être hébergé chez cet ami, c'est aussi pour rester dans son périmètre. Je suis à peine plus loin que ma fameuse chambre 840. Parce que j'ai ce besoin maladif de me sentir proche d'Élodie. Et que je fais ce calcul qui tient plus de l'incantation et de l'irrationnel que de la logique : moins nous sommes éloignés, moins nous sommes séparés. Comme si l'unité de mesure de l'amour entre une femme et un homme était le mètre. Pourtant, Élodie me faisait cette remarque quand mon cerveau partait sans prévenir vagabonder dans une forêt de pensées absorbantes :

« Tu es là, à quelques centimètres de moi, et j'ai l'impression que tu te trouves à des milliers de kilomètres. Tu t'emmerdes avec moi ?

– Mais bien sûr que non… »

Peut-être que oui, parfois, je l'avoue. Mais comme tout le monde, non ? Même si, depuis la nuit des temps, notre nature nous fait nous accoupler, pour nous reproduire, nous protéger mutuellement contre l'ennemi – les bêtes sauvages autrefois, la solitude aujourd'hui –, nous restons des individualités qui tôt ou tard penseront avant tout à sauver leur peau. C'est pour ça qu'Élodie a choisi de nous tuer. L'instinct de sa survie. J'ai la main sur l'interrupteur de la lampe de chevet – qui n'a jamais aussi bien porté son nom. Je suis mal. Demain, Élodie revient dans ma vie. Professionnelle, seulement. Malheureusement.

De la fenêtre de mon bureau, j'observe Élodie dans la cour. Elle est avec sa collègue, sa meilleure copine surtout, Coralie. Un café à la main, elle doit lui raconter ses vacances et, au sourire radieux qu'elle affiche, je me doute bien que mon cas n'est pas abordé dans ce bilan estival. Elle lui donne, j'imagine, des nouvelles de Thomas qui, pour la première fois, a nagé sans brassards dans la mer, de son frère qui est passé quelques jours et avec qui elle a fait du wakeboard, de la chienne de ses parents qui ne supporte toujours pas les mouettes et leur aboie dessus lorsqu'ils sortent en bateau au large de Porto-Vecchio. Elle lui montre bien sûr quelques photos sur son portable, peut-être même une ou deux avec moi, prises dans un restaurant de poissons à Bonifacio où j'affiche un air faussement décontracté et un sourire totalement feint. Oui, ça arrive aussi aux hommes de simuler. Pas sûr, ceci dit, qu'Élodie dévoile ces clichés-là. Ils ne sont peut-être déjà plus sur son téléphone, effacés, comme moi – si l'été et mon départ mélodramatique l'ont confortée. Ou bien elle ne veut pas gâcher sa rentrée en abordant directement ce sujet sensible avec Coralie qui pourrait lui dire – je peux toujours rêver – des choses qu'elle ne veut pas entendre. Comme :

« Tu sais, Élo, à force de ne pas décider, c'est lui qui va le faire pour toi. Et la décision qu'il prendra, si ça se trouve, tu la regretteras… Il ne faudra pas pleurer si, lassé d'attendre ton choix, il s'est envolé vers une autre que toi ! Tu es vraiment prête à prendre ce risque ? Tu es bien sûre que l'amour que tu as pour lui n'est pas plus fort que la colère qui t'a conduite à le sortir de ta vie et de chez toi ? »

Bien dit, Coralie ! Même si tu ne lui as sans doute pas dit ça mais plutôt un truc banal et qui ne m'arrange pas. Comme :

« Tu sais, Élo, je te comprends, et quoi que tu décides de faire, je serai là. Si tu veux en parler, on le fera, et si tu ne veux pas, on ne le fera pas… Ça va aller, ne t'inquiète pas ! »

Mais si ! Je veux qu'Élodie s'inquiète, moi, qu'elle envisage de s'en mordre les doigts ! Même si, au sourire radieux sur son visage bruni par le soleil, je ne perçois pas une once de regret sur la façon dont elle a choisi de passer l'été…

Pour ce qui est de son automne, j'ai pris quelques mesures. Sur le plan professionnel, le seul sur lequel j'ai encore un tant soit peu la main. Je me suis arrangé pour qu'Élodie ne soit plus mon assistante. À vrai dire, en toute objectivité, ce luxe que je m'offrais et qu'on me laissait m'offrir en tant que cofondateur de la société, je n'en avais pas tant besoin que ça. C'est le fait de s'être mis ensemble entre-temps qui avait changé la donne. Comme beaucoup de patrons, je couchais avec mon assistante, mais au moins, moi, c'était la même femme que je retrouvais le soir à la maison. Quand j'ai justifié le fait que les fonctions d'Élodie dépassaient celle de mon secrétariat, la DRH a sauté sur l'occasion pour proposer qu'on la licencie ; elle avait déjà calculé ses indemnités au cas où je répondrais par la positive.

J'avoue, j'ai hésité à saisir cette perche du renvoi pur et simple. Après tout, Élodie m'avait mis dehors, pourquoi ne ferais-je pas de même ? Vengeance minable, j'en conviens, et je ne suis pas fier que l'idée ait fait un peu plus que m'effleurer, mais on devient con quand on souffre. Finalement, j'ai sauvé sa tête que j'avais concouru à mettre sur le billot. Je n'assumais pas de la mettre dans la panade sous prétexte qu'elle m'avait fait du mal en estimant que c'était pour son bien. Mais je me sentais incapable de la voir tous les jours dans ce nouveau statut d'ex ou de peut-être futur ex qu'elle m'avait attribué. C'était au-dessus de mes forces de lui parler comme si de rien n'était, de la voir envoyer des messages à je ne sais qui – un « je-ne-sais-qui » qui pourrait être un « je-sais-très-bien-quoi » –, de donner moi-même du grain à moudre à cette parano grandissante : si ce n'est plus moi, tôt ou tard, ce sera forcément un autre. J'ai donc proposé qu'elle aille travailler dans une de nos filiales, ce qui me permettait de la garder dans mon radar. Je préférais ça à la laisser partir dans la nature, où les prédateurs ne manqueraient pas de venir tourner autour de ma frêle gazelle. Quand j'ai annoncé à Élodie qu'elle changeait de bureau et de boulot, elle n'a rien dit, sans doute avait-elle compris et était-elle soulagée, même, qu'une distance soit ainsi mise entre nous ici.

« Tu vas voir, il y a des super projets à développer, tu vas t'éclater, ce sera beaucoup plus valorisant que de gérer mon emploi du temps, mes billets d'avion et mon déménagement pour cause de rupture… Désolé, je n'ai pas pu m'en empêcher…

– À ce propos, tu t'es débrouillé comment ?

– Je me suis débrouillé…

– Flo…

– Ne t'en fais pas, il y a trente-six ponts à Paris, ça me laisse l'embarras du choix pour trouver un abri pour la nuit !

– Tu peux arrêter un peu de faire des pirouettes !

– Cacahuète ! Allez, file, ton nouveau bureau t'attend et ton nouveau patron aussi !

– On essaye de déjeuner ensemble ?

– Je vais voir, je ne peux pas te dire tout de suite, je n'ai plus d'assistante pour gérer mon planning… »

En guise de commentaire, un « ha ! ha ! ha ! » me signifiant que ce n'était pas drôle est sorti de sa bouche. Que je fixais pendant qu'elle me parlait. Je l'avais tant embrassée, je ne pouvais me résoudre à ne plus jamais l'effleurer de mes lèvres, ni même y glisser ma langue à la recherche de la sienne pour un slow buccal au terme duquel je l'emballerais. Trêve de sentimentalisme, je devais me résoudre à une certaine froideur apparente, surtout ne pas me montrer affecté, poser un masque de quiétude sur ma douleur, comme si j'étais déjà passé à autre chose. D'où ma réponse à sa proposition :

« Tu me diras, ce serait bien de se voir ailleurs qu'au bureau. Surtout qu'on va moins se voir, maintenant…

– Ne me dis quand même pas que je vais te manquer ? »

Ça, c'était peut-être la petite touche ironique de trop. Il va falloir que j'apprenne à doser si je ne veux pas lasser, voire braquer, Élodie. Car mon objectif reste le même : sa reconquête. Alors oui, évidemment, je vais accepter son invitation. Mais pas tout de suite. À moi de la laisser un peu mariner, c'est de bonne guerre. Même si on n'en est pas là et que, j'espère, on ne le sera jamais…

Ce soir, j'ai eu un violent contrecoup. Être quitté par Élodie une deuxième fois, même si cette fois c'est moi qui avais provoqué son départ, a été bien plus dur que je ne l'imaginais. Je me pensais prêt à encaisser ça, mais ma stratégie s'est retournée contre moi. J'ai été présomptueux, j'ai sous-estimé le poids du symbole. D'autant plus que je me retrouve à dîner avec mon ami, sa femme amoureuse et leurs enfants adorables. J'ai l'impression de vivre dans une mauvaise publicité pour une lessive où la mère est ravie de voir son mari et son fils rentrer d'un match avec leur short boueux car, ce n'est pas grave, maintenant elle a le nouveau Cleanir avec agents nettoyants enrichis qui lave tous les linges sales en famille… Avec Cleanir, les taches sont un mauvais souvenir ! C'est moi, en fait, la tache au beau milieu de leur bonheur immaculé, moi, coincé dans l'essoreuse à sentiments depuis des mois, tapant sur la vitre du hublot pour que quelqu'un vienne m'ouvrir. Élodie. Ou une autre. Oui, pour la première fois ce soir, en voyant mon ami prendre tendrement sa femme dans ses bras, éclater de rire en se remémorant un week-end apocalyptique à Marrakech, j'ai ouvert la porte à cette possibilité. Et je m'en suis ouvert à eux, félicité chaleureusement par Karine de vouloir reprendre mon cœur en main.

« Tu as raison, Flo, tu ne peux pas l'attendre indéfiniment ! Ce n'est pas une vie d'être en stand-by au cas où… Avance ! Rencontre d'autres filles, essaye au moins, ça ne t'engage à rien si ce n'est à t'apercevoir que peut-être tu idéalises Élodie, que peut-être une autre peut te plaire et te séduire, que peut-être tu te fais une montagne de cette séparation alors que c'est seulement une petite colline qui ne masque même pas l'horizon. Et si ça se trouve, c'est en t'éloignant d'elle que tu finiras par la retrouver ! Ou pas. Et ce ne sera pas si grave, tu verras. Tu es gentil, intelligent, drôle ; des femmes que ça peut intéresser, crois-moi, ça existe… Tiens, moi, si je n'étais pas mariée avec ce mec-là qui est en train de me mettre des miettes partout sur le tapis, je pourrais craquer ! »

Voyant la mine choquée de mon pote, Karine a éclaté de rire.

« Oh ! mon chat, sois pas jaloux, tu sais bien que je t'aime comme au premier jour, que tu me fais toujours autant fondre quand tu fais ta petite tête de chien qui a fait une bêtise. Mais que ça ne t'empêche pas d'aller chercher l'aspirateur dans la cuisine ! »

Un tendre baiser sur la bouche en guise d'encouragement à s'exécuter. C'est beau, c'est bon, ces petites tranches de romantisme au quotidien. Moi aussi, je veux les vivre à nouveau, ces moments de grâce en duo. Je m'approche doucement de la quarantaine, mais je ne compte pas m'y mettre sur le plan amoureux. Ce n'est pas parce que mon cœur bat lentement, la visite à la médecine du travail faisant foi, qu'il n'a pas envie de battre plus fort, de s'emballer pour d'autres yeux, d'autres mains, d'autres seins, de croire que cette fois c'est la bonne, de s'apercevoir, finalement, que peut-être pas, mais d'avoir au moins tenté, vibré, frémi, tremblé, bandé, rêvé. Et puis pourquoi je ne finirais pas par la trouver, celle qui me comblera et me complétera ? Même si aujourd'hui, avec la claque que je me suis prise, je me sens plutôt dans la peau de celui qui cherche chaussure à son pied avant de se rappeler qu'il est amputé des deux jambes. Je le ressens profondément au fond de moi, ce besoin d'aimer. Et surtout d'être aimé. Mais si ça pouvait être par Élodie, évidemment ce serait mieux. Je sais ce que j'avais, je ne sais pas ce que j'aurai, mais je ne peux pas me résoudre à ne rien avoir, ça, c'est certain. Ça, c'est ma théorie. En pratique, j'ai regagné ma chambre après le dîner, prétextant un coup de fatigue. C'est surtout un coup de blues, un coup de bambou, un coup d'épée dans l'eau trouble de ce que je traverse. En refermant la porte, j'ai fait de même avec celle entrouverte pour une alternative à Élodie. Les arguments encourageants de Karine ont fait long feu. Je ne suis pas prêt à en finir avec ma monomanie. Bien sûr que cet été j'ai dévisagé, envisagé d'autres femmes, comme pour combattre le mal en me sentant mâle, mais je les vivais comme autant de soustractions. Je ne pouvais m'empêcher de me focaliser sur ce qu'elles avaient de moins qu'Élodie. Le nez moins en trompette, les yeux moins en amande, les jambes moins graciles, les fesses moins arrondies, la posture moins élégante. C'était perdu d'avance, et ça l'est encore. Mon reformatage n'est pas pour tout de suite, j'en ai bien peur. Et ça me déprime, me désole, me déglingue, me dégoûte, me détruit. À petit feu.

Ce matin, après mon émission de radio et avant de rejoindre mon bureau, je me suis accordé un petit plaisir, une parenthèse ayurvédique dans un de ces spas de grands hôtels dont vous sortez tellement détendu que rien ne peut plus vous atteindre. J'en suis sorti avec un sourire mi-béat, mi-shooté par cette ambiance encens-bougie-cithare. Allongé sur la table avec ce mini-slip ridicule qu'on enfile une fois sur deux à l'envers et qui d'entrée de jeu désérotise totalement la scène, je me suis laissé porter par le va-et-vient expert de cette esthéticienne rousse un peu ronde au prodigieux doigté. À moitié endormi par la pression délicate de ses paumes, j'ai eu l'impression de m'échapper de mon corps et de léviter au-dessus. De là, j'ai aperçu cette carcasse fine à la musculature défaillante, ces omoplates pointues, ces petites poignées qu'on dit d'amour quand on ne les a pas et qu'on nomme bourrelets quand on les a, ces jambes d'échassier sur un tronc ramassé et ces cheveux grisonnants ponctués au sommet d'une petite cicatrice, souvenir douloureux d'un jeu d'enfant en forêt qui s'est terminé avec une branche dans le crâne. C'est bien moi, je me reconnais, et à vrai dire, vu d'en haut, je ne me trouve pas mieux que vu d'en face. Alors que la masseuse pose des pierres chaudes sur mon dos, je médite. Sur mon sort, évidemment. Pour ce qui est de mon nombril, pas la peine d'aller dans un salon, je m'en occupe très bien tout seul et trop souvent, à mon goût. Je pense aux questions que j'évite de me poser. Par superstition. Je sais, c'est puéril, les superstitions. Croire qu'un caleçon défraîchi à force d'avoir été trop lavé peut me faire gagner un match de tennis, mettre comme ça mon destin entre les mains – enfin, entre les cuisses – d'un sous-vêtement qui a sa place dans la poubelle plutôt que dans le placard, c'est surtout ne pas croire en moi. Et c'est le cas. Alors cette confiance qui me fait défaut, j'en cherche la moindre trace, même homéopathique, autour de moi. Certains serrent très fort un crucifix, d'autres embrassent une main de Fatma en priant pour que le Grand, là-haut, prenne ne serait-ce qu'une seconde de Son emploi du temps divin pour régler leur problème. Je suis plus terre à terre. De toute façon, je ne suis pas très porté sur la chose religieuse. Encore moins depuis que j'ai découvert Lourdes. Je ne m'attendais à aucun miracle, je n'ai pas été déçu. Cela m'a fait à peu près la même impression qu'une journée à Disneyland, avec ses attractions, son heure de queue et ses « arrêtez un peu de pousser ! » pour une minute de grotte, ses boutiques-souvenirs avec Bernadette Soubirous dans le rôle de Mickey et son chiffre d'affaires que j'imagine lui aussi divin. Les voies du Seigneur sont impénétrables comme les banques suisses où j'imagine que l'Église fait travailler les deniers du culte. Après ces quelques pensées blasphématoires, pas la peine de compter sur une aide du Ciel pour récupérer ma déesse. Mais comme je ne comptais pas dessus, ça limite la déception. Ces questions taboues s'entrechoquent alors que la masseuse me demande délicatement de me retourner. Je me retrouve face à moi, face à elle, face à Élodie : et si la balance penchait du mauvais côté ? Et si Élodie décidait que, non, ça ne pourra pas repartir entre nous, que ce serait voué tôt ou tard à l'échec ? Et si ces mots qu'elle m'a dits un jour, « on ne va pas y arriver », viraient à la prophétie qui se réalise ou au dogme qui a fini par se graver sur les parois de sa boîte crânienne ? J'ai des remontées acides comme cette phrase angoissante qu'elle m'a glissée un jour de blues : « On s'aime, mais si ça se trouve, on est incapables de s'aimer. » Pas besoin d'explication de texte, ça semble assez clair. En fait, pas tant que ça. Déjà, « on s'aime ». Qu'y a-t-il vraiment derrière cette expression désarmante de simplicité ? Élodie m'a souvent reproché de ne pas savoir faire simple. Mais que c'est compliqué pour moi quand c'est « simple ». Ça me laisse toujours un goût de léger, de fragile, d'inachevé. Comme une angoisse de tomber dans la facilité, voire dans la médiocrité.

« Qu'est-ce que tu veux manger ce soir ?

– Je ne sais pas, on n'a qu'à faire simple.

– On peut commander une pizza… »

C'est vraiment cela qu'on recherche dans le « faire simple » ? L'enchantement d'ouvrir au livreur, le ravissement de découvrir que la pizza est à peine tiède, le sentiment de plénitude après l'avoir réchauffée au four et la sérénité atteinte en avalant la dernière bouchée ? Bien sûr que non. La simplicité est une forme d'hypocrisie perfide, c'est ne pas assumer qu'on voudrait plus, mieux, mais qu'on n'a pas la force, l'envie, parfois le talent, d'y arriver. Les gens qui réussissent sont souvent des gens compliqués, complexés, torturés. Moi, ma seule ambition, peut-être pas assez ambitieuse, c'était d'être simplement gentil avec elle. Simplement attentionné. Simplement amoureux. Et ça, ce n'est pas toujours le plus simple.

« Voilà, c'est terminé. Tout s'est bien passé ? Je vous laisse vous rhabiller et je vous attends à l'accueil. »

Je redescends sur Terre et sur table de massage. Mon cerveau reprend ses esprits et retourne à sa place au-dessus de mon corps relaxé. Je me rhabille, le corps bien mieux huilé que ma stratégie de reconquête. Subir ne mène à rien, je dois agir, mais comment ? Une idée traverse ma tête. J'aurais peut-être dû la laisser passer mais trop tard, je l'ai interceptée. Oui, je vais accepter ce déjeuner. Mais pas avec Élodie.

Il est 13 heures, je lui ai donné rendez-vous aux Princes, une brasserie fréquentée par les gens de la boîte. Élodie en tête, qui y a ses habitudes avec son inséparable Coralie, le midi pour grignoter une salade, le soir pour y boire un Kir avant de rentrer. Il n'y a pas de raison qu'elle ne vienne pas aujourd'hui et j'ai tout misé là-dessus. Ma stratégie est simple : envoyer des stimuli pour voir sa réaction, si tant est qu'elle en ait une. J'ai donc invité Valérie, directrice de production, brune sophistiquée ce qu'il faut, maquillée mais pas trop, la trentaine rugissante donc un peu plus jeune qu'Élodie. Elle le remarquera forcément et ça peut l'énerver. Tant mieux. Le seul objectif de ce repas, c'est de remplacer son plat du jour par une bonne tartine de doute. Valérie est mon appât pour ferrer Élodie dans cette séance de repêchage. J'ai demandé au serveur une table ni trop centrale, pour donner l'impression d'un besoin d'intimité, ni trop éloignée, ça serait dommage de passer inaperçu, ce n'est pas le but recherché. J'ai aussi mis une chemise, c'est tout sauf anodin quand on sait que je ne suis pas un acharné de mon apparence vestimentaire. Forcément, ça va la titiller. Tout comme le verre de vin blanc inhabituel pour moi au déjeuner. Si j'en prends un, c'est que les circonstances sont exceptionnelles, que je veux faire bonne figure devant mon invitée. J'espère qu'Élodie pensera cela, j'espère déjà qu'elle arrivera avant que nous soyons repartis.

Alors que le serveur nous apporte la commande, je l'aperçois enfin à l'entrée du restaurant que je surveillais comme le lait sur le feu tout en faisant semblant de m'intéresser à la conversation de Valérie. Elle me parle d'un projet d'émission qu'elle développe, un concept révolutionnaire qui me rappelle des dizaines de formats étrangers que j'ai déjà vus passer sur mon bureau mais ça, j'évite de lui dire ; par politesse, je me contente de ponctuer son enthousiasme de « ah oui ! » et autres « super ! » mollement convaincus. Pendant que mes oreilles et ma bouche gèrent Valérie, mes yeux, eux, scrutent Élodie. Elle ne m'a pas encore vu. Avec elle, il y a aussi Pascal, le responsable des services généraux, un rondouillard rigolard, plus polo *lowcost* que Lacoste, bref, pas classifié comme menace sérieuse. Qu'elle est belle ! Même au naturel. Le superflu et le superficiel, ce n'est pas pour elle, adepte du look garçonne à la Birkin, jean délavé et fatigué, petit pull gris souris dont le col un peu ample laisse apparaître une épaule, et ses éternelles Converse blanches plus vraiment immaculées. Pourvu que le patron ne les installe pas trop loin, à portée de regard. J'implore intérieurement saint Laurent, le saint patron des restaurateurs : promis, s'il fait ça pour moi, je laisserai un pourboire important. Élodie et les autres emboîtent le pas du taulier et naviguent entre les tables. Je ne perds pas une miette de ce déplacement à l'issue incertaine, tant et si bien que je me mets à la faute avec Valérie.

« Tu en penses quoi ?

– J'en pense quoi de quoi ?

– Eh bien… de mon projet.

– Ah ! ton projet. Écoute, je trouve ça vraiment innovant et audacieux, je suis très curieux de voir ça… Tu l'as présenté à quelle chaîne ?

– À la 2, je viens de te le dire à l'instant…

– Oui, pardon, la 2, mais je me demande si ça ne pourrait pas aussi intéresser la 6, c'est pile dans leur cœur de cible… »

Je me rattrape aux branches de la conversation comme je peux. C'est pas le moment d'être pris en flagrant délit de n'en avoir rien à faire de son projet. J'ai besoin de Valérie, au moins pour une heure. Miracle – enfin, c'est peut-être un tantinet excessif –, les clients d'une table voisine se lèvent pour partir. Le patron la désigne du doigt. C'est la bonne nouvelle. La mauvaise, c'est qu'Élodie s'installe dos à moi. Et comme elle n'a pas des yeux dans le dos, mon plan prend du plomb dans l'aile. Je me sens comme un général d'infanterie devant revoir toute sa stratégie à la hâte pour contrer une manœuvre inattendue de l'ennemi. Face à ce coup de Trafalgar et pour éviter que mon plan ne prenne l'eau, Waterloo même, je tente un coup audacieux. Je guette le regard de Coralie, qui, elle, est orientée du bon côté, et lui fais un petit signe de la main avec un grand sourire, qu'elle me rend aussitôt. Et là… normalement… Voilà, comme prévu, je la vois dire quelque chose à Élodie qui se retourne. Moi, bien sûr, j'en profite pour prendre mon air le plus absorbé par mon invitée, non sans lâcher un éclat de rire synonyme de complicité. Du coin de l'œil, j'ai bien vu qu'elle a tout aperçu avant de se retourner rapidement de peur de se faire griller en train de me reluquer. Deux précautions valant mieux qu'une, à la fin de mon déjeuner, je pousse le vice en passant juste au niveau de la table d'Élodie et, jouant à celui qui ne l'avait pas vue :

« Ah ! Élo, ça va ? Bon appétit ! Dis donc, tu vas pas t'étouffer avec cette salade ! »

Elle ne répond pas à ma petite moquerie mais dévisage mon invitée.

« Oui, pardon… Élodie, je te présente Valérie, une amie !

– Enchantée… »

À son ton, pas tant que ça. Intérieurement, je jubile. La vague impression que mon plan s'est déroulé pile comme je l'avais prévu.

« Désolé, je file, je suis en retard, j'ai une réunion. On n'avait tellement de trucs à se raconter que je n'ai pas vu le temps passer… »

Clou enfoncé. Je n'ai plus qu'à attendre. Il faut maintenant que tout cela infuse, la graine est plantée dans la tête d'Élodie, on va voir ce qui va pousser : la mauvaise herbe de l'indifférence ou la fleur de la crainte de me voir aller en butiner d'autres ? Il n'y a plus qu'à espérer…

C'est comme une partie d'échecs. Le mien. Élodie est ma reine, je suis un fou. D'amour. Je n'ai jamais été très calé à ce jeu, mais je suis quand même au courant que sur l'échiquier c'est elle qui a toutes les chances de l'emporter. Serait-ce vraiment une victoire pour elle ? « En amour, il faut toujours un perdant », chantait Julio Iglesias. Et on peut lui faire confiance, il a fait ses preuves dans ce domaine. À ce détail près qu'il ajoutait ensuite : « J'ai eu la chance de gagner souvent. » Et là, ça fait toute la différence avec moi. Alors le fou, pour ne pas vraiment le devenir en attendant la réaction d'Élodie qui tarde à venir, a décidé d'aller voir un « bobo-la-tête », terme que je préfère à « psychanalyste » : ça me donne moins l'impression d'être atteint. Même si je dois l'être un peu quand même, comme tout le monde finalement. Ma psy, une femme recommandée par une connaissance commune, consulte rue du Cherche-Midi, au dernier étage d'un vieil immeuble qui aurait besoin d'un ravalement de façade. Elle non. Grande, élancée, les cheveux attachés impeccablement, noirs comme son tailleur qu'une broche rouge vient égayer pour gommer l'impression d'être face à un croque-mort. C'est notre premier rendez-vous, c'est idiot mais je suis aussi intimidé que si c'était une rencontre intime. Certes, c'en est une, mais pas de la même façon. La seule pénétration sera celle des méandres de mes angoisses et de mes névroses. De sa voix grave, elle me propose de m'allonger sur le divan en cuir. Elle vient s'asseoir derrière moi, à la perpendiculaire. De sorte que je puisse l'entendre mais pas la voir. Le regard pourrait causer des interférences, projeter de l'affect sur cette femme qui n'est pas là pour que je cherche à lui plaire. Pas là non plus pour que je l'écoute mais pour que je m'écoute. Elle me fait bien comprendre que je viens ici pour échanger avec moi-même, répondant à mes questions par d'autres questions. La première résonne comme une évidence.

« Pourquoi venez-vous ici ? »

Sans louvoyer, je débite mon histoire. Avec pudeur au début, après tout on ne se connaissait pas il y a encore quelques minutes, et puis au fil des phrases, j'ai fini par l'oublier au point de sentir ma gorge se serrer et mes yeux s'humidifier. Je dis d'une voix chevrotante :

« Désolé, c'est nul de pleurer… je ne devrais pas le faire…

– Ici, rien n'est nul, comme vous dites. Et d'abord, pourquoi ne devriez-vous pas le faire ? »

Parce que je me sens honteux de me laisser aller comme ça. C'est la première fois que je craque complètement depuis mon expulsion de chez Élodie. La dernière fois que je m'étais trouvé dans cet état lacrymal, j'avais quatorze ans et E.T. venait de repartir sur sa planète, et comme beaucoup de gamins à l'époque, j'étais un peu Elliot, moi aussi. D'une séance à l'autre, vingt ans d'écart, mais le même désespoir.

« Voilà, on va en rester là pour aujourd'hui…

– On se revoit la semaine prochaine ?

– Cela me semble judicieux.

– C'est si grave que ça ? »

Sa non-réponse en était une. Et la petite boîte qu'elle m'a tendue encore plus : des antidépresseurs.

« À ce point-là ?

– Vous êtes très agité, ça part dans tous les sens, votre histoire avec Élodie a fait remonter toutes les autres et vous êtes en train de vous y noyer. Prenez-en un par jour, ça calmera un peu la tempête… »

Soixante-quinze euros pour me dire ce que je savais déjà : je suis au bout du rouleau. Et au bout du rouleau, il y a le carton. Finalement, le papier toilette est une belle métaphore de ma situation. D'autant plus que je me sens merdeux d'avoir recours à des médicaments. En fait, ce qui est déprimant avec les antidépresseurs, c'est de s'apercevoir à quel point l'esprit et le corps sont faibles. Il suffit de leur donner quelques milligrammes d'un produit chimique encapsulé dans une gélule et tout de suite, ils vont mieux. Un peu mieux, n'exagérons rien. Pour vivre heureux, vivons shootés. En tout cas, ces cachets donnent un cachet supplémentaire à cette séparation : une nouvelle dépendance. Après celle aux appels d'Élodie, à ses messages, à ses regards, à ses caresses, me voilà en passe de devenir accro aux médicaments. Ce n'est pas en me mettant dans ce genre de situation glissante que je vais remonter ma pente. Je serais plutôt parti pour me retrouver définitivement au fond du trou… Y compris celui de la Sécurité sociale, puisque la psy a été catégorique : neuf mois de traitement au bas mot. Pour accoucher d'un nouveau moi ? J'ai du mal à y croire. Il m'a fallu plus de trois décennies pour ne pas réussir à changer d'un iota. Je ne vois pas par quel miracle scientifique quelques médicaments réussiraient à me métamorphoser. En attendant de devenir ce papillon pharmaceutique, je suis une larve réfugiée dans son cocon. En l'occurrence, ce lit d'enfant où je dors depuis maintenant quelques semaines. Face à l'agression au moral que je subis, le hasard m'a conduit à la régression. Entouré de jouets, moi qui ai l'impression d'en être un entre les mains et les désirs d'Élodie, je me retrouve à m'endormir ce soir encore dans un lit à la taille de ma maturité. Replié sur moi-même, à l'abri sous une couette, je m'endors comme à l'âge où je n'avais pas d'âge, où les murs de ma chambre étaient des parois utérines. Où je ne savais pas encore que la naissance de ma vie rimerait avec celle de mes soucis. Sorti aux forceps, le *la* de mon existence était donné : elle se ferait dans la douleur. Alors, ce soir, je m'endors trente-cinq ans en arrière. Fœtale attraction. Extinction des feux.

J'ai été pris à mon propre piège. Élodie n'est pas tombée dans celui que je lui avais tendu au restaurant, aucune réaction *a posteriori*, pas même la moindre allusion les rares fois où je l'ai croisée par hasard en descendant me chercher un café ou en allant en salle de réunion. Rien. Soit elle s'en moque éperdument, soit elle est soulagée de se dire que je me suis vite remis sur le marché et que je vais donc enfin lâcher l'affaire, soit elle n'a même pas capté ma machination foireuse.

« À votre avis, quel est le bon "soit", docteur ?

– À votre avis, quel est le bon "soit"? »

Je pensais être chez un psy, pas chez un perroquet. Me voilà bien avancé.

« Je n'en sais rien, j'ai pensé qu'il fallait provoquer les choses au lieu de continuer à subir, essayer de faire bouger les lignes, surtout celles d'Élodie.

– Vous regrettez de l'avoir fait ?

– Oui et non…

– Oui ou non ?

– On va dire que le oui l'emporte d'une courte tête. Parce que, finalement, j'ai l'impression que ce pas en avant m'a fait reculer de trois cases sur l'échiquier de ma guérison…

– Pourquoi parlez-vous de guérison ? Vous avez l'impression d'être malade ?

– Je ne sais pas si je le suis, mais en tout cas je souffre. En silence. Sauf chez vous, désolé, c'est tombé sur vous…

– Je suis là pour ça…

– J'ai beau essayer de me persuader que ça va mieux, que je commence doucement à digérer, c'est faux. Je suis dans le déni. Je ne savais pas qu'on pouvait faire des cauchemars en étant réveillé…

– C'est la sensation que vous avez ?

– Oui. Un seul être me manque et tout est repeuplé… »

J'entendais le bruit de son crayon à papier sur les pages de son carnet Moleskine.

« Continuez…

– Élodie est partout, et tout ce que je vois, ce que j'entends, me renvoie à elle. Sans tomber dans la paranoïa, c'est comme si la Terre entière s'était entendue pour prendre un malin plaisir à remuer son couteau dans ma peau. Car je l'ai dans la peau et j'ai bien peur que ce soit indélébile. J'ai la sensation d'être au cœur d'un vaste complot pour me sadiser à tout moment en me renvoyant des images de notre ratage. Un couple dans la rue me rappelle que le nôtre est à la rue. Un autre qui s'embrasse fait rejaillir dans ma bouche le goût de la sienne. Un enfant qui s'étale sur la moquette et se relève en éclatant d'un rire rayonnant me fait penser à celui que j'aurais voulu avoir avec elle. Son deuxième à elle, mon troisième à moi. Pour l'instant, il est mort avant même d'être né. Même les radios ont l'air de s'être entendues pour ne diffuser que des chansons de circonstance. Ce matin, j'allume mon poste, je tombe sur Brel, "Ne me quitte pas, il faut oublier, tout peut s'oublier qui s'enfuit déjà..." Désolé, Jacques, mais tu as un tramway de retard : Élodie m'a déjà quitté. Du coup, je change de station. Et là, Chicago : "*If you leave me now.*" Décidément. Radio suivante et vous savez quoi ? Barbara : "Dis, quand reviendras-tu ? Dis, au moins le sais-tu ?" Merci pour les questions, mais moi je suis plus en attente de réponses...

– Et que se passera-t-il si les réponses ne sont pas celles que vous attendez ?

– Je n'en sais rien...

– Vous êtes conscient que vous n'aurez peut-être pas de réponses ? »

Elle a posé la question qui tue, qui me tue. Après tout, elle a raison, j'espère peut-être quelque chose qui n'arrivera jamais. Élodie n'est pas tenue de me dire si oui ou non elle a changé d'avis et est revenue sur sa décision. Si c'est le cas, de toute façon, ça se fera naturellement, elle reviendra vers moi comme un joli boomerang, tout sourire, et moi j'ouvrirai grand les bras pour l'accueillir. Je ne dois surtout plus essayer de forcer les choses, plus craquer même si Élodie est toujours aussi craquante. Je l'ai entraperçue d'ailleurs par hasard en rentrant hier soir. Elle quittait le supermarché, le pas léger et les bras chargés, j'étais comme hypnotisé, l'impression de voir une naïade émergeant d'une eau turquoise au ralenti alors qu'elle sortait du Monoprix. Elle ne m'a pas vu et je n'ai rien fait pour qu'elle me voie. Je n'ai pas voulu l'aborder. Comme j'évite de le faire au bureau. Par peur de ne pas savoir quoi lui dire, par fierté de ne pas montrer ma mine de romantico-dépressif, par souci surtout de me tenir à la ligne que j'ai adoptée à force de me triturer le cerveau avec ma psy : elle m'a demandé de partir, ce sera à elle de me demander de revenir. Mais quand? Ce sont cette impatience, ce pessimisme et ce besoin de savoir qui me rendent fou. Je dois être plus fort que leur alliance maléfique, ne plus être pendu à ces aiguilles qui tournent trop lentement. L'ignorance est une moisissure en train de me pourrir la vie. J'ai regardé Élodie s'éloigner et quand elle a disparu, après avoir tourné dans sa rue, je me suis pris toute la violence du symbole. J'ai senti une trappe invisible s'ouvrir soudainement dans le trottoir. Chute libre comme une descente de grand huit mais sans fin, l'estomac au niveau de la gorge avec une énorme envie de vomir, de me vomir. De faire sortir de moi mon sang, ma bile, mes organes, mes os, mon cerveau, me vider intégralement comme un animal entre les mains d'un taxidermiste. Pour me remplir d'un tout nouveau moi, un moi meilleur, en tout cas meilleur pour Élodie. Capable de la rendre heureuse et de l'être aussi, de la tirer vers le haut quand elle est au plus bas, de savoir l'aimer comme elle aimerait être aimée, de me débarrasser de mes pensées néfastes et de mes penchants nocifs. Et surtout capable de la reconquérir, à coup sûr. Car le quatrième cavalier de mon apocalypse, c'est cette incertitude qui plane au-dessus de moi comme un vautour alléché de la voir me détruire neurone après neurone et rendre mes cellules de moins en moins grises et de plus en plus noires. Le bout de mon tunnel n'est peut-être pas si loin. Sauf que j'ai l'impression qu'il est dans mon dos et que chaque jour qui passe est un pas qui m'en éloigne et m'enfonce dans un gouffre sans fond.

Ouh là, vite, fouiller dans ma poche et saisir mon parachute pour essayer d'atterrir en douceur. « Ouvrez la boîte en cas d'urgence », m'avait prescrit ma psy. C'était le cas. J'ai avalé un cachet de Lysanxia, qui est au dépressif ce que le Viagra est au sexe poussif. Ils sont d'ailleurs de la même couleur : bleu. Pas sûr que le mien ait le même effet remontant que l'autre. Je suis rentré me réfugier chez mes amis. J'ai tenté de faire semblant, comme d'habitude, mais cette fois je me suis fait démasquer. Ils ont tout de suite vu qu'il s'était passé quelque chose. Je leur ai raconté la rencontre par hasard qui a mal fait les choses vu mon état, combien je l'avais trouvée jolie avec ses tennis rouges, son pantalon taille basse, sa petite veste en velours noir et ses cheveux blonds qui semblaient réclamer le seul peigne digne de les toucher : mes doigts. Je me suis pris une volée de bois vert et ils ont eu raison. Je leur jure mes grands dieux que je vais arrêter de ressasser, ne pas renâcler à essayer de regarder devant moi. Mais est-ce de ma faute si devant moi, ce soir-là, il y avait Élodie ? Je ne vais quand même pas me cloîtrer, pourquoi pas même m'exiler, pour être sûr de ne pas tomber sur elle ! Ce serait totalement antinomique avec le concept qu'ils me proposent : faire des rencontres. Et puis, je le sais, je le sens, même à l'autre bout de la Terre, en plein cœur de l'Amazonie, au sommet de l'Himalaya ou au plus profond de la fosse des Mariannes, elle serait toujours l'arôme de mes jours, la senteur de mes nuits et aucun autre parfum, pas même celui d'une jeune métisse brésilienne ou d'une tisseuse népalaise, ne pourrait venir consoler les papilles de mon cœur. Mes amis s'aiment, ils devraient comprendre qu'en perdant Élodie, j'ai été privé du sens le plus important. Pas l'ouïe ni l'odorat, le goût ou le toucher, non, j'ai perdu le sens de mon existence. Je sais que c'est grotesque. Et soudain j'ai honte.

« Je suis désolé de vous embêter avec ça. Déjà que je ruine toutes vos soirées avec mes petits malheurs de trentenaire CSP +, que je vous impose la vision du type de France qui respire le moins la joie en ce moment, que vous faites office de nounous-cuisiniers-blanchisseurs-punching-balls pour moi qui ne suis qu'un poids mort… »

Alors que je tordais dans tous les sens une pauvre serviette qui ne m'avait absolument rien fait, Karine m'a coupé net :

« On est très heureux de t'avoir à la maison et de s'occuper de toi, arrête de dire des conneries. Mais arrête d'en faire, aussi ! Au lieu de te flageller, donne-toi un coup de fouet dans le bon sens, retrouve déjà un peu de dignité. Nous, les femmes, on aime lever les yeux vers celui qu'on admire, pas les baisser pour regarder un mec qui se traîne à nos pieds. La serpillière, ce n'est gratifiant ni pour une femme, ni pour un homme !

– Tu as raison, je n'en veux plus de sa pitié, on ne construit rien là-dessus. Je veux juste son amour, un point c'est tout. Pardon, on ne dit pas "je veux" mais "je voudrais", c'est plus poli et surtout plus adéquat. Car pour moi la vie se conjugue à son conditionnel. C'est ça, oui, je suis en conditionnelle, j'attends son jugement dernier. Nirvana ou Armageddon ? J'adore le groupe et j'ai détesté le film, c'est peut-être un signe positif ça, non ? »

Karine ne m'a pas répondu. Elle m'a embrassé la joue, m'a décroché un large sourire avant de partir se coucher.

« Tu as bien de la chance de l'avoir, Fred. Surtout, fais tout pour la garder… »

En disant ça à mon ami, j'appuyai mon regard en direction de son mobile, histoire de lui faire comprendre que s'il était bien en train de faire ce que je pensais, conjuguer ses après-midi à l'extraconjugal, céder à l'idée que monogamie et monotonie finissent par devenir le même mot, il la trompait, certes, mais surtout il *se* trompait.

« N'oublie pas de lui dire que tu l'aimes. Avec le temps, on le fait de moins en moins jusqu'au jour où on ne le fait plus du tout. Ce jour-là, elles sont toujours là mais dans leur tête, elles sont déjà parties… Et je sais de quoi je parle. »

Fred m'a à peine répondu, scotché qu'il était à son écran. Face à ce zombie des temps modernes, je me suis levé et, ensuqué par mon cocktail vin-tranquillisants, j'ai parcouru dans un énorme effort les cinq mètres qui me séparaient de mon lit. Dans lequel je me suis écroulé avec la grâce d'un plongeur qui fait un plat. Je crois même que j'ai dormi habillé.

Karine a raison. Il faut que j'arrête de stationner sur le parking de l'expectative, que j'enlève le frein à main, sinon je vais finir par caler. Et là je sens que je n'arriverai plus à redémarrer. Et puis à quoi ça va me servir d'attendre ? Attendre qui, ça, je sais, mais attendre quoi ? Qu'Élodie m'implore à genoux de revenir parce qu'elle a fini par se rendre compte que je lui manque terriblement, qu'elle a fait une énorme bêtise en me sortant de sa vie, qu'elle sait maintenant que vivre sans moi, c'est finalement encore plus dur que vivre avec moi ? De toute façon, elle est trop fière et orgueilleuse pour agir ainsi, trop chamboulée pour y voir clair. Dans sa tête, c'est la purée de pois. Jusqu'à quand ça va durer ? Dans ses messages aussi rares que lapidaires – car sa culpabilité l'oblige à assurer un service minimum –, Élodie m'assure qu'elle ne connaît toujours pas son avenir. Et par rebond, moi, je ne connais pas le mien. Ça, je le supporte de moins en moins. Et si j'en suis encore à espérer une volte-face d'Élodie, je me connais, ma patience a les limites de mon besoin d'amour, de mon besoin d'être dans le cœur, le corps d'une femme. Bien sûr, j'ai peur d'être paralysé par l'enjeu, d'être inapte à séduire de nouveau et au final de me retrouver tout seul, inutile comme une chaussette orpheline mystérieusement disparue dans le lave-linge. Le doute destructif. Croire encore que ce n'est pas totalement fini avec Élodie, c'est finalement tomber dans la facilité. L'espoir fait survivre. C'est m'éviter d'affronter l'après. « L'après Élodie » et la question corollaire : en existe-t-il une autre, si possible dans un périmètre pas trop éloigné, capable de me faire monter si haut dans la gamme des sentiments ? Et si oui, comment la trouver ? Autant chercher une fille dans une meule de foin. Sauf que dans une meule de foin, avec une fille, c'est surtout agréable quand on l'a trouvée. « L'après chez Élodie » aussi est une angoisse, mais je ne peux pas vivre éternellement chez Karine et Fred, ce n'est sain pour personne. Je dois trouver un nouveau chez-moi.

Je me sens perdu dans ce grand appartement aux murs tout blancs. Exactement la même couleur que celle de mon purgatoire à l'hôtel il y a quelques mois, la fameuse chambre 840. Couleur hôpital. Comme si j'étais en train de m'interner dans un établissement pour gens comme moi : fous d'avoir été trop fous d'amour. Avec une camisole dans la tête qui m'empêche de libérer mon esprit des chaînes de la déception et de la frustration. Assis sur le parquet ciré, je contemple le vide autour de moi. Qui se ressemble, s'assemble. Les moulures au plafond, la cheminée en marbre, le balcon en fer forgé, j'ai choisi de faire du neuf avec du vieux. Je ne suis plus à un paradoxe près. Il a bien fallu que je me résolve à avancer d'une case, la case « déménagement ». Confiné chez mes amis, j'étais en train de me renfermer sur moi-même; le cocon si rassurant des premiers temps devenait irrespirable.

Un après-midi, une fois la radio terminée et les affaires courantes pour mon autre boulot expédiées, je suis rentré chez Karine et Fred. Il devait être 15 heures, personne n'était à l'appartement. Silence absolu que venait rompre de temps en temps un coup de Klaxon à peine étouffé par le double-vitrage. J'étais avachi sur le canapé, les yeux dans le vide, quand j'ai ressenti quelque chose d'épouvantablement angoissant. Les murs du salon se sont mis à bouger, le plancher à remonter, le plafond à descendre, tout se resserrait sur moi, centimètre par centimètre, et comme une mouche paralysée par le venin de l'araignée j'étais incapable de bouger, conscient, sans rien pouvoir faire, que j'allais finir écrasé. À cette idée morbide, j'ai senti mon souffle se couper, plus d'air du tout, j'avais beau essayer de respirer, rien n'y faisait. Cette sensation me renvoyait à mes nuits d'enfance, ce cauchemar récurrent dans lequel j'avais l'impression que j'étouffais et que j'allais en mourir – j'ai découvert bien plus tard que ce rêve lugubre n'avait rien de freudien : je faisais simplement des apnées du sommeil. Là, c'était une apnée du réveil, c'était la réalité, et j'allais crever asphyxié entre ces parois menaçantes. J'ai eu alors pour la première fois de ma vie l'idée du suicide. Je ne voyais plus que cette échappatoire. J'ai compris pourquoi certains pouvaient s'y résoudre, moi qui avais toujours considéré ce geste comme la manifestation suprême de la lâcheté et de l'égoïsme : quatrième étage, la voie était toute tracée pour en finir. Je me suis levé, je me suis dirigé vers la porte-fenêtre. En l'ouvrant, j'ai aperçu la rue en contrebas. Ce serait drôle que j'atterrisse sur le toit de la Ford Escort d'Élodie qui passe parfois par là. Même dans les moments les plus tragiques, j'ai toujours des pensées débiles. Mais est-ce si grave de tout prendre à la légère ? Après tout, c'est ma philosophie depuis tout petit : je relativise. Là aussi, penché vers le vide, à deux doigts, pire, à une phalange peut-être, de sauter, c'est ce que j'ai encore fait. J'ai fermé les yeux, pris une grande inspiration, et pensé à la douleur. Celle de mes parents, de mes enfants, de mes amis, d'Élodie peut-être, quand ils apprendraient la triste nouvelle. La mienne, surtout, à l'idée de m'écraser sur le bitume avant qu'une voiture, dans la foulée, me roule dessus pour bien parachever le travail. Et puis rien du tout. J'ai eu honte de moi, l'impression d'avoir touché le fond sans avoir besoin de sauter. Je suis retourné dans le salon, minable. Dans le miroir accroché au-dessus du canapé, je me suis regardé droit dans les yeux avec l'envie de le décrocher et de le secouer comme une ardoise magique pour effacer la gueule que je voyais dedans…

« Même ça, t'es pas foutu d'y arriver ! T'as pas les couilles, comme pour le reste ! Tu me dégoûtes. Regarde-toi, tu fais vraiment pas envie, mon pauvre. Elle a eu raison de te larguer, Élodie, c'est déjà un miracle qu'elle t'ait supporté si longtemps ! Mais réagis un peu, là, au lieu de subir, t'as pas d'amour-propre ou quoi ? Ça t'a mené à quoi de te lamenter, hein ? À rien du tout et pourtant tu continues. Pourquoi ? Parce que tu l'aimes encore et gnagna et gnagna ? Non, juste parce que tu flippes d'affronter la vie devant toi. Mais franchement, ça peut être pire ? Bien sûr que non ! Alors tu vas me faire le plaisir de remballer ta dépression de pacotille, tes médicaments, et tu vas faire comme avec tes atermoiements, tu vas les jeter aux toilettes et tirer la chasse ! Compris ? »

C'est dommage, la première fois de ma vie où j'ai réussi à avoir de l'autorité, c'était avec moi-même. Jusqu'ici, quand j'essayais avec mes enfants, ils éclataient de rire. Avec mes subordonnés, je voyais dans leurs yeux que sur l'échelle de l'autorité, j'avais à peine le niveau d'un marchepied. Là, je me suis tellement impressionné que j'ai obtempéré ! Je me suis débarrassé des cachets et, dans la foulée, je me suis mis en alerte sur les sites immobiliers. Il fallait bien m'y résoudre. Revenir en arrière n'était pour le moment pas une option. J'avais temporisé tant que possible, habitant de-ci, squattant de-là, croisant les doigts pour qu'Élodie me demande de regagner le domicile conjugal où m'attendaient encore mes affaires, ces traces de moi marquant mon territoire – les chanceuses, pour elles, rien n'a bougé, toujours sur les mêmes étagères, dans les mêmes armoires. Mais le miracle n'avait pas eu lieu et je n'avais plus le choix : ce n'était plus possible d'ajouter de la précarité immobilière à mon inconstance amoureuse, je devais me trouver un point de chute, terme de circonstance vu qu'à cette idée j'étais au plus bas. Pas simple de franchir ce cap, passant ainsi au stade 2 de notre séparation temporaire. Enfin… de moins en moins temporaire. Emménager dans un ailleurs à trouver, c'était rompre encore un lien de plus avec Élodie, celui de notre espace commun, là où nous nous étions tant aimés puis désaimés. Ce trois-pièces aura été à la fois la sage-femme qui a accouché de notre histoire et le croque-mort qui l'a enterrée. Prendre un appartement pour moi, c'était lui offrir sur un plateau l'argument massue pour ne pas repartir tout de suite ensemble. Je l'imaginais déjà me dire sur un ton faussement raisonnable : « On vient de se séparer, tu viens de prendre un appart, ce n'est pas pour qu'on se remette tout de suite ensemble. » Le bon sens près de chez vous. C'est sans doute pour cela que j'ai cherché une location pas très loin du sien. Mais pas seulement. Pour être honnête, je n'ai pas pu m'empêcher de faire de savants calculs. Si nous devions rouvrir le livre de notre histoire dans ce nouveau lieu, on pourrait écrire les chapitres suivants sans trop bousculer ses habitudes. La même école pour Thomas, la même nounou qui vit dans le quartier, les mêmes commerçants, la même distance pour aller au bureau. Le changement dans sa continuité.

C'est comme ça que mon choix s'est porté sur cet appartement au sixième étage avec ascenseur, double salon, salle de bains, terrasse filante, type haussmannien. Le charme de l'ancien, et je ne parle pas de moi. J'ai du mal encore à y dormir et il m'arrive de rentrer chez mes amis après être venu y prendre les mesures pour les meubles, installer la télé, Internet, donner un coup de peinture par-ci, passer un coup d'éponge par-là, le préparer à m'accueillir comme on fait avec la chambre de l'enfant qu'on attend. Comme si dormir, c'était symboliquement franchir un point de non-retour dans cet entre-deux-eaux amoureux. Je dois aller de l'avant, me martèlent dans un concert d'encouragements ma psy et mes proches. Ils en ont de bonnes. Si j'avais un marteau, je le ferais, et ce marteau, c'est ma volonté qui pour l'instant n'a pas encore la force d'enfoncer ce clou. Mais ça va venir, il le faut de toute façon. Pour m'y aider, je me suis donné du courage grâce à l'illusion du « plus ». Pour équilibrer aussi avec cette sensation de moins, d'ablation de mon organe le plus vital : son cœur. Nous vivions dans un quatre-vingt-cinq mètres carrés ? J'en ai pris cent. Nous avions deux chambres ? J'en ai trois – je n'ai pas oublié que j'ai mes deux enfants à accueillir quand leur mère me fait l'infini honneur de les mettre dans l'avion. Je lui ai laissé la télévision home cinéma ? J'en ai pris une plus grande, plus récente, plus belle, plus chère. Tout est *plus* dans mon nouvel appartement. Illusion mais surtout désillusion. Car il est plus vide aussi. C'est ça en fait : ma vie ressemble à cet appartement. Un néant rempli de vide où le silence résonne trop fort. Retour à la case départ. Et déprime. Idées noires comme le couloir. D'où viendra la lumière ? De moi, déjà, si je prends la peine d'installer des luminaires. Pour l'instant, il n'y a qu'une ampoule accrochée au plafond. Celle de l'entrée. Et donc de la sortie, aussi. La nuit tombe. Demain sera un autre jour, peut-être celui où je dormirai enfin ici. Extinction du feu.

« Coralie, je ne serai pas là cet après-midi, j'attends des livraisons chez moi et je dois y être pour les réceptionner.

– Ça y est, tu as trouvé un appart ?

– Oui, après une trentaine de visites, j'ai trouvé la perle rare ! Tu veux voir des photos ? »

D'une pierre, deux coups. En prévenant la secrétaire de mon boss, j'informais surtout la meilleure amie d'Élodie. Qui ne manquerait pas dès que possible de tout lui raconter et de lui décrire les quelques clichés que je faisais défiler sur l'écran de mon smartphone.

« Il a l'air très lumineux !

– Exposition plein sud, idéal le soir pour les apéros à deux sur la terrasse. Enfin, à un en ce moment…

– Oui, je suis au courant. Ça va, toi ?

– Oui, oui, et ça va, elle ?

– Tu la connais, elle est très secrète, elle n'aime pas trop parler de ça…

– Elle doit quand même t'en parler un peu, je la connais aussi.

– Moins j'en sais, mieux je me porte, parce que je vous aime bien tous les deux et que je n'ai pas envie de me retrouver au milieu. Mais j'espère du fond du cœur que ça s'arrangera…

– Moi, je ne souhaite que ça mais pas sûr que ce soit réciproque…

– Je l'ignore… Vraiment, elle ne m'a rien dit…

– Bref, en attendant, si on me cherche, je suis joignable sur le portable ! »

Voilà, j'avais distillé les messages que je souhaitais faire passer à Élodie. Je l'espérais encore mais je ne l'attendais plus. Quel effet cela lui ferait-il ? La pression de me sentir avancer et peut-être potentiellement m'éloigner ? Ou au contraire le soulagement de me voir me résigner à passer à autre chose ? Telle était la question, une de plus, mais à celle-ci, tôt ou tard, j'aurais la réponse.

Peu à peu, l'appartement se remplit. De cartons, pour l'instant, qui s'empilent dans le séjour. Procrastination de déballage. Au milieu du désert de mon salon, comme une oasis, un fauteuil reçu ce matin sur lequel je suis assis. En sortant de mon bureau, j'ai fait un crochet comme tous les jours par mon nouveau chez-moi. Une façon de m'acclimater peu à peu et de me préparer au grand saut de l'emménagement. La nuit tombe doucement et la lumière des lampadaires extérieurs se projette sur mes murs blancs. Séance de cinéma urbain au son des voitures qui redémarrent quand le feu passe au vert. Moi, je suis encore à l'orange, on va dire. Mais au rouge dans mon verre. Quand dans ma vie pas mal de choses tombent à l'eau, disons que j'ai tendance à faire de même dans l'alcool. Prendre une bouteille de vin m'aide à prendre de la bouteille tout court, à relativiser ce qui m'arrive pour essayer de le positiver, en tirer l'expérience qui m'évitera, quoi qu'il advienne, de me reprendre les pieds dans les mêmes tapis. Mais comme l'ivresse, chez moi, la lucidité ne dure qu'un temps. Mon pic-saint-loup à la main, je pense à la suite. D'accord, Élodie ne veut plus de moi pour le moment, je respecte cela. C'est ce que je dis autour de moi, de toute façon, comme je n'ai pas le choix, autant donner une forme de noblesse chevaleresque à mon attitude. Mes amis en seraient presque à me décerner l'ordre du mérite sentimental. Même si certains, en me l'épinglant, seraient du genre à me glisser discrètement un préservatif dans la poche, ceux-là mêmes qui m'encouragent à profiter de la vie. Je traduis, « profite » = « couche » et « la vie » = « les filles ». Et s'ils avaient raison ? Moi, je préfère censurer cette éventualité. Par culpabilité vis-à-vis d'Élodie. Mais pourquoi devrais-je me sentir coupable, finalement ? Techniquement, on ne peut pas tromper une femme dont on est séparé. Même si, en mon for intérieur, j'ai toujours l'impression d'être avec elle. Elle ne se prive pas de bien me rappeler qu'elle n'est plus avec moi, elle. Alors pourquoi ne pas goûter d'autres lèvres, d'autres sexes ? Je me mentirais à moi-même si je n'assouvissais pas ce désir. Néanmoins, je dois être franc, cette culpabilité que je brandis comme un étendard, c'est surtout une bonne excuse pour ne pas affronter le vrai problème : je bloque dès que je dois passer à l'action avec une femme. Les yeux dans les yeux, au moment de l'assaut final, je suis victime de paralysie verbale, incapable de dire le mot qu'il faut, ce sésame qui pourrait m'ouvrir la porte de chez elle. Ce mot, je l'ai sur le bout de la langue, mais elle est alors comme le tremplin de dix mètres à la piscine municipale, et le mot, il a peur de plonger. La peur du ridicule. Celle qui fait que j'évite justement la piscine municipale. Le petit maillot de bain moulant, ça ne met pas en valeur tout le monde, surtout quand de face on dirait qu'on est de profil. Beaucoup trop dur pour mon égo. Comme la peur du râteau. Parce que j'en ai pris, dans ma vie. De quoi ouvrir une jardinerie. C'était souvent ma faute, à force de m'y prendre comme un manche. Toujours pas assez « trop » ou trop « pas assez », bref, jamais le bon dosage. Séduire, c'est comme cuisiner, et je ne suis pas près d'être dans le guide Michelin. Il y a celles que je faisais fuir parce qu'à peine m'avaient-elles dit qu'elles me trouvaient « sympa » – pas « séduisant » ni « attirant », non, juste « sympa » – que déjà je dégainais l'alliance, le plan de financement sur quinze ans pour la maison et le dictionnaire des prénoms pour nos futurs enfants… Et puis il y a celles qui n'attendaient qu'une chose, que j'y aille, que je prenne leur corps dans mes bras et leur langue dans ma bouche. Mais moi, je n'ai jamais su sentir quand une fille était consentante. Du coup, forcément, je restais comme un con. Quand bien même elles m'auraient fait passer une demande en bonne et due forme d'autorisation de sortir avec elles, signée en trois exemplaires, je ne sais même pas si j'aurais fait ce fameux premier pas. Résultat, c'est elles qui faisaient le dernier puisque ensuite elles disparaissaient de ma circulation. Je parle à l'imparfait, mais au présent, je demeure imparfait dans la séduction. C'est pour ça que la seule idée d'essayer de conquérir une nouvelle femme me met terriblement mal à l'aise. Mais comme disait un pote à la finesse légendaire : « Paniquer, c'est pas niquer ! » Considération hautement philosophique mais bassement concrète sur laquelle j'avale ma dernière gorgée de vin avant de rentrer me coucher. Seul. Pas vraiment. Avec mes interrogations sur moi et la séduction. Pas les partenaires idéales pour une nuit de rêve…

Enfin, j'ai franchi le cap. Plutôt le pas. De la porte. Ça y est, je me suis décidé à m'installer dans cet appartement. J'ai encore du mal à dire « mon » appartement. Il l'est sur ma quittance de loyer, sur mes premières factures, mais mon nom imprimé sur des papiers ne suffit pas encore à me faire comprendre que cette centaine de mètres carrés sera le théâtre de ma renaissance. Ou de ma déchéance. Le décor a changé en extérieur, mais mon intérieur est toujours tapissé avec les mêmes interrogations. La prochaine fois que j'irai faire un tour à la quincaillerie, il faudra que je pense à m'acheter une décolleuse. Le souci, c'est que je n'ai jamais vraiment été bricoleur, disons, le marteau à la main, du genre à confondre le clou et mon doigt. Alors il faudra que je trouve quelqu'une pour me poser mon nouveau papier peint. Pourquoi pas Élodie ? J'y crois de moins en moins, certes, mais un peu encore. Qui rime avec « j'ai sans doute tort ». Je sais, je ressasse toujours la même envie, je mastique le même espoir qui à force est en train de perdre toute sa saveur. Comme un chewing-gum machinalement mastiqué que j'aurais oublié dans ma bouche. À un moment, je vais réaliser que je dois le cracher.

Je me perds dans mes pensées, un peu comme dans cet appartement que je dois apprivoiser. Pièce par pièce, je fais connaissance. Surtout avec ma chambre à coucher, celle qui ne le sait pas encore mais va bientôt me connaître mieux que personne. Dans les moindres détails de mon intimité, dans l'euphorie comme dans le désarroi, dans mes folies. Y compris, sait-on jamais, celles de mon corps. Premier tête-à-tête donc avec le plafond au-dessus de mon lit. Vierge, avec une vague odeur de peinture fraîche. Je fixe ce blanc immaculé qui ne le restera pas. Tout finit par se salir dans la vie. Je cogite, comme toujours. Vingt-cinq ans que ça dure. Dans ma vie, j'ai avalé déjà pas mal de kilomètres. Jalonnés de réussites, mes enfants, et d'échecs, les femmes. Mais dans ma tête, c'est comme si j'avais fait du surplace. La doyenne de mes questions, la voilà. Le bonheur, il ne fait aucun effort pour venir vers moi. Alors pourquoi est-ce que moi j'en ferais ? D'accord, le bonheur n'a aucune obligation de se pencher sur mon dossier. Beaucoup moins en tout cas que mon inspecteur des impôts. Celui pour qui mon argent fait le bonheur. D'accord, le bonheur n'a pas que moi à s'occuper, mon inspecteur des impôts non plus, d'ailleurs. D'accord, le bonheur a un planning sans doute bien rempli. Un peu moins bien rempli que celui du malheur, quand même. Qui lui, malgré ça, a quand même trouvé un peu de temps pour s'intéresser à moi. Je ne l'en remercie pas…

Encore un dernier carton à ouvrir, à vider, à plier et à jeter. Élodie me les a fait porter par livreur pour éviter que j'aie à passer chez elle. Pour s'épargner, sans doute, ce moment forcément compliqué, et pour me l'épargner à moi aussi. Si je comptais sur un éventuel électrochoc en voyant partir les dernières traces de ma vie chez elle, c'est raté. C'est peut-être mieux comme ça. Je suis officiellement, complètement, amèrement déménagé. Cette fois, il n'y a qu'un seul nom sur la boîte aux lettres. Content que ce soit fini, la translation de meubles et autres vêtements d'un lieu A à un lieu B n'étant pas l'activité la plus exaltante proposée à l'être en mal d'exercice physique. Ou plutôt d'exercice psychique. Il paraît que le déménagement est le moment de la vie qui cause le plus de stress à une personne, comme il est coutume de dire, normalement constituée. Une coutume qui ne veut rien dire du tout. Si j'étais « normalement constitué » après ces galères d'escaliers à monter, d'affaires à ranger, d'électroménager, de bricoles à bricoler, je devrais être soulagé. Béatement content comme après un rapport sexuel bien sous tous rapports.

Alors, heureux? Non. Un verre d'eau du robinet à la main, je n'ai aucune envie de trinquer à moi-même. À ce moment précis, si je pense pendaison, ce n'est pas de crémaillère. En fait, pour connaître mon avenir, ce n'est pas une voyante que je dois consulter. La vérité est ailleurs, et elle y est depuis une éternité. Dans le dictionnaire. « Un carton, des cartons. » C'est la trajectoire que je viens de suivre à la lettre près, du carton où notre histoire est allée jusqu'aux cartons que j'ai dû vider. Exercice aussi émouvant qu'éprouvant car ces quelques mètres cubes contiennent des morceaux de moi qui me suivent pour certains depuis des décennies. Ce 33 tours d'AC/DC, *Highway to Hell*, mon tout premier acheté par ma mère à Carrefour. Ce journal intime dont j'ai perdu la clé où sont emprisonnées mes premières blessures adolescentes. Ce tee-shirt Spiderman trop grand qui me rappelle que je me suis trouvé trop gros. Ce vieux Polaroid des années 1980 sur lequel je pose en perfecto-santiags-bouille de gamin avec mon ami Laurent, une photo prise dans la Cité des Anges qu'il a malheureusement rejoints depuis. Cette petite boîte qui fait du bruit quand on la secoue, celui des dents de lait de mes enfants. Ce pot à crayons en forme de tête de requin ramené d'un parc d'attractions floridien, mes premières vacances de papa séparé. Ce petit carnet à spirales dans lequel on jouait avec Élodie au jeu des questions-réponses pour mieux se découvrir. Ce ballon de foot dédicacé qui aurait besoin d'être regonflé, encore plus que mon moral. Et quelques autres petits cailloux de mon chemin que je ramasse au fond de ces boîtes pour les ranger façon Petit Poucet.

Tiens, dans ce dernier carton, il y a des DVD. En les rangeant, je jette un œil aux titres sur la tranche. *Vol au-dessus d'un nid de coucou* m'éclate au visage. Et si finalement mon avenir se lisait sur les jaquettes, moi, que cette situation a rendu fou ? Et *Retour vers le futur*, aussi. Retour *dans* le futur me conviendrait mieux, mais ce n'est pas le scénario qui est en train de s'écrire. Je le range aux côtés de ses congénères, dont certains toujours sous plastique et que je ne verrai sans doute jamais. Pourquoi les avoir achetés ? Une envie compulsive retombée aussi vite qu'elle a été assouvie. Ce besoin de posséder explique sans doute ce traumatisme d'être dépossédé. Un bon sujet de conversation, enfin de monologue, avec ma psy, ça. Je commence un peu à saturer, j'ai déjà l'impression d'avoir tout dit et redit des dizaines de fois. On tourne en rond. La vie est décidément un drôle de manège dont on n'arrive pas toujours à descendre.

Une bûche de plus dans la cheminée. Je la regarde se faire lécher par les langues de feu. Elle flambe doucement, elle craque de temps en temps, ça doit être sa façon à elle d'exprimer son plaisir d'être envahie par cette chaleur, de s'abandonner à ces brûlures qui la pénètrent au plus profond de son cœur de chêne. Quelque part, je l'envie. Je m'imagine à sa place, étendu dans l'âtre, prisonnier de ces bras enflammés. Je sais que je finirai en cendres, c'est inéluctable. L'amour se consomme, l'amour nous consume. Mais ça vaut mieux que de rester dans la panière, à se dessécher et être dévoré par des insectes jour après jour. Tu es né poussière, tu finiras sciure, non merci ! Autant s'enflammer quitte à se carboniser. Au moins, j'aurai vécu. Et la vie sert à vivre, sinon autant mourir tout de suite. Comme ça la question est réglée d'entrée. Et puis ça libère une place sur le grand marché de l'existence.

J'ai toujours été fasciné par le feu. Je ne sais combien d'heures j'ai pu passer devant la cheminée, à regarder les flammes danser leurs arabesques assassines autour de leurs victimes sylvestres. Je crois que c'est mon programme télé préféré. Et cette odeur de bois brûlé qui vient affoler mes narines, ces particules de cendres qui atterrissent au hasard des courants d'air chaud sur mes bras, ces craquements comme autant de notes d'un requiem pour une bûche, et bien sûr cette chaleur réconfortante. J'aurais dû faire vestale, comme métier. Dans une prochaine vie, peut-être, même si je ne crois pas à la réincarnation. Je serai simplement un corps en décomposition, le cœur a déjà commencé. Alors autant se jeter dans le feu de l'action. Et de la re-séduction. Ça fait maintenant six mois. L'espoir qui est censé me faire vivre me fait maintenant tout juste vivoter. Marre de cette solitude. J'ai envie de remettre du bois, de l'étincelle, de la flamme dans l'âtre de mon existence. Elle est vide, froide, inutile. Mon hiver sentimental a débuté cet été et maintenant que l'automne est là, j'ai envie de chaleur. Féminine. Tellement envie que, comme les feuilles mortes, je n'ai même plus peur de me ramasser des pelles. Combustion du feu. Et puis, il y avait eu cette lettre…

C'était un vendredi soir, je rentrais enfin à l'appartement après une journée harassante qui clôturait une semaine où j'avais dû jongler entre les émissions de radio, une grosse présentation de projet et des allers-retours chez moi pour réceptionner les derniers meubles. Bref, je n'en pouvais plus, et sur mon scooter, je me rêvais déjà dans un bon bain chaud en écoutant « *Madman Across the Water* » d'Elton John avant d'aller comater en douceur devant ma cheminée, un Cohiba à la main. Une certaine idée du bonheur retrouvé. Ou presque.

En rentrant dans mon immeuble après avoir échangé quelques banalités avec la gardienne qui sortait les poubelles, j'ai ouvert ma boîte à lettres. Entre deux prospectus pour des livraisons de pizza et un serrurier vingt-quatre heures sur vingt-quatre, une enveloppe dépassait. En tirant dessus pour la dégager, j'ai reconnu cette écriture au stylo à bille bleu, ronde et enfantine. Celle d'Élodie. J'ai saisi la lettre délicatement, comme si ma façon de faire pouvait influencer son contenu. Elle m'avait donc écrit, à moi qui continuais à la croiser de temps en temps au bureau dans une tiédeur toute professionnelle. Pas un café à la machine en tête à tête, pas de déjeuner, pas d'apéro. Je n'osais pas la solliciter de peur d'aggraver mon cas. Je n'avais même pas osé honorer sa proposition de manger un morceau avec elle un midi. Trop peur de ne pas réussir à faire semblant et de retomber dans ces jérémiades, ces incantations qui me feraient marquer un but contre mon camp. Et encore plus peur de lui dire que si l'on n'avait toujours pas partagé ce repas, c'était pour cette raison, pas parce que je n'en avais pas envie. Dieu que c'était compliqué ! Et ça l'était presque autant de décacheter cette enveloppe. Mon excitation et mon appréhension s'étaient lancées dans un grand bras de fer. J'ai glissé la lettre dans la poche de mon blouson et je suis monté chez moi. Une fois dans l'entrée, je l'ai posée sur la desserte. La peur du contenu l'avait emporté momentanément. Je tournais autour d'elle comme un léopard avec une antilope avant de se ruer sur elle. Sauf que là le fauve était la victime et la lettre, son prédateur. Que pouvait-elle m'avoir écrit ? Pas compliqué, de toute façon, c'était comme pour un examen ou un jugement : binaire, un oui ou un non. À quoi bon me rédiger une missive pour un peut-être, ça n'aurait pas de sens…

« Bon, allez, tu l'ouvres cette putain de lettre, on va pas y passer la soirée ?

– J'y arrive pas, j'ai trop peur de lire ce que je ne suis pas prêt à lire…

– Et ça va changer quoi, que tu le fasses ? Ce qui est écrit sur ce papier le restera que tu l'ouvres ou pas. Au moins tu seras fixé !

– Je me demande si je ne préfère pas passer la soirée avec l'ignorance et voir ça demain…

– Et demain, tu trouveras une autre excuse bidon pour remettre ça à après-demain. Élodie, c'est pas d'une autruche dont elle rêve mais d'un lion ! Alors, au lieu de rentrer ton cou dans le parquet, sors tes griffes et ouvre-moi ça...

– OK... »

J'ai pris la lettre, me suis assis sur le canapé, lancé dans une incantation intérieure pour que je ne sais quelle divinité jette un sort enchanteur sur son contenu, ai pris une grande inspiration et déchiré délicatement l'enveloppe. J'ai fermé les yeux très fort pendant que je sortais cette feuille pliée en quatre. Et puis je les ai ouverts... Je m'attendais au pire, question d'habitude...

Flo, tout d'abord j'espère que tu vas bien car quand je t'aperçois au bureau, je sens bien que quelque chose cloche. Tu sais donner le change, par pudeur, mais avec moi ça ne prend pas. N'oublie pas que je te connais comme si je t'avais tricoté. Je sais que tu es mal et bien sûr je me sens coupable car j'en connais la raison. C'est pour ça que j'ai décidé de t'écrire. J'aurais préféré te le dire, je t'avais tendu une perche avec ce déjeuner mais tu ne l'as pas saisie, tant pis. Ou tant mieux, car je ne suis pas sûre que j'aurais été capable de le faire, t'avoir en face de moi m'aurait peut-être fait refuser l'obstacle. Ou édulcorer le fond de ma pensée. Et je me dois d'être honnête avec toi. Par respect pour tout ce qu'on a vécu de génial ensemble et que je n'oublierai jamais. Rome, Barcelone, New York, nos parenthèses à deux, c'était comme des oursons à la guimauve, pour moi. Et tu sais à quel point j'adore ça ! Mais au fil du train-train quotidien, de ton boulot, de nos emmerdes avec nos ex, il y en a eu de moins en moins de ces nounours, la boîte s'est vidée. Et tu n'as rien fait pour la remplir à nouveau. Je prends ma part de responsabilité, je n'ai pas été irréprochable, être maman à plein temps a fini par me bouffer, j'ai sans doute fait passer Thomas avant toi, mais c'est la prunelle de mes yeux et il n'a pas demandé à être enfant de parents divorcés. Comprends-moi. Ta fameuse phrase, tu vois moi aussi je peux l'utiliser… Je n'ai pas su gérer et toi non plus avec ton ex-femme tellement envahissante que j'avais parfois l'impression qu'on était un ménage à trois. Bref, tout ça, tu le sais, on se l'était dit. Si je t'ai demandé de partir, c'était pour me préserver, te préserver, nous préserver. Ne pas totalement foutre en l'air notre belle histoire d'amitié puis d'amour. Je sais que tu ne dois pas trouver ça logique. On ne quitte pas quelqu'un pour éviter de le perdre. Et pourtant je l'ai fait pour ça. Je sais que tu as besoin de savoir si c'est définitif ou pas, tu m'as suffisamment pressée pour avoir une réponse, trop à un moment, et ça m'a saoulée que tu sois incapable de respecter ce que je t'avais demandé : me laisser souffler. Aujourd'hui, franchement, je ne sais toujours pas. Disons qu'il y a plus de chances qu'on ne se remette pas ensemble que de possibilités que ça arrive. Je suis bien comme ça, la vie est plus simple, moins prise de tête. Mais qui sait si je ne changerai pas d'avis. Souvent femme varie, tu le sais. Dans une semaine, dans un mois, dans un an ? Je n'en sais foutre rien. Je ne peux pas te demander de m'attendre, ce serait égoïste. Et même dégueulasse si, au bout du compte, je ne te reprends pas. Tu dois avancer dans ta vie, tu as les enfants, ton boulot, tu ne peux pas tout mettre en pause en m'attendant. Alors ne m'attends pas, si je dois revenir, je reviendrai. Mais pour le moment, j'ai encore besoin de me poser, de comprendre pourquoi ça a foiré entre nous pour éviter de refaire les mêmes erreurs. Parce que je te connais par cœur et que je sais que tu vas essayer de lire entre les lignes : non, je n'ai rencontré personne, je ne cherche même pas à le faire, je ne t'ai pas quitté pour ça. Toi, peut-être que oui, je t'ai vu déjeuner quelquefois avec des jeunes femmes charmantes. Tant mieux, si c'est le cas, je suis contente pour toi. J'espère que dans quelque temps on pourra le faire, ce déjeuner, ça me ferait plaisir, en tout cas. Je sais qu'en finissant cette lettre, tu me détesteras, que ce n'est pas ça que tu voulais lire.

Pardon, pardon, pardon. Mais je préfère te dire la vérité plutôt que de me mentir. Voilà. Prends soin de toi. Bisous.
Élo

J'étais mortifié, liquéfié, atrophié. Comme un château de cartes soufflé par un courant d'air. Tout ce que j'avais tant bien que mal réussi à reconstruire depuis quelques semaines s'effondrait en une page manuscrite recto verso. Je l'ai relue encore, encore et encore, comme si à force de poser mes yeux dessus, les mots allaient changer, devenir ceux que j'espérais. En vain. La nuit était tombée, j'étais prostré dans l'obscurité, immobile, la lettre à la main. Pas la force d'allumer une lampe, ni même de faire autre chose. Dans ma tête se jouait une horrible partie de flipper dans lequel la boule tamponnait sans logique les bumpers « tristesse », « dégoût », « rage » et « déception ». Partie terminée. Il n'y avait pas à lire entre les lignes, Élodie avait bien pesé chacune de ses phrases, je ne faisais plus le poids. D'un pas aussi assuré qu'un boxeur après un K.-O., je me suis approché de la cheminée, j'ai glissé quelques bûches et allumé un feu. Je voulais y jeter la lettre. Je n'ai pas pu. Je n'en étais pas encore capable. Et des années après, à vrai dire, alors que j'ai refait maintes et maintes fois ma vie, elle est toujours au fond du tiroir de mon bureau…

« Eh ben, tu t'es fait une jolie petite garçonnière ! »

Je ne m'attendais pas à cet avis décoratif de Cécile, une de mes meilleures potes, réalisatrice, une sorte de bulldozer bourrée de tendresse, de fragilité et d'amour à donner. Pas à moi, il n'en a jamais été question, c'est mon genre d'amie mais pas de femme.

« Ah bon, tu trouves ? Pourtant, ce n'est pas le but…

– Il va bien falloir que ce le soit à un moment ! »

Je lui avais évidemment fait lire la lettre pour avoir son décryptage féminin. Elle en avait tiré à peu près la même conclusion que moi. Même si je la soupçonnais un poil de ne pas forcément ramer dans le sens de l'espoir. C'est une autre variante du sens protecteur des femmes : elles n'aiment pas trop qu'une autre vienne mettre le grappin sur leurs copains.

« Et en quoi tu trouves que c'est un baisodrome ?

– Les rideaux aubergine, le canapé taupe, les fauteuils rouges, les cadres aux murs, le diffuseur d'huiles essentielles… c'est quoi ce parfum, d'ailleurs ?

– Figue.

– Comme par hasard… La figue, tu sais ce que c'est chez moi, du côté de Perpignan ?

– J'ai une vague idée, l'équivalent de l'abricot, pour rester dans l'imagerie fruitière…

– C'est ça. Tu t'es fait un joli petit piège à filles et crois-moi je m'y connais, je suis tombée dans plus d'un… »

C'est vrai que Cécile cherchait désespérément l'homme de sa vie et qu'elle était prête à faire du porte-à-porte pour le trouver.

« Et alors, tu as des pistes ?

– De quoi ?

– De potentielles proies. Ce serait dommage que tout ça ne serve pas…

– Tu vas te moquer de moi, mais je ne sais pas comment m'y prendre… »

Elle a failli en recracher son café, me causant une petite frayeur car sur le tapis beige ça ne pardonne pas – oui, c'est assez étrange : alors que j'étais bordélique et « à-peu-préiste » quand je vivais chez Élodie, je suis devenu maniaque dans mon nouveau chez-moi.

« Et comment tu as fait avec Élodie ?

– Je la connaissais, c'est pas pareil, et en plus, tu sais quoi ? même en la connaissant, j'ai mis un temps fou à oser la draguer et une éternité à ne serait-ce qu'envisager de l'embrasser…

– Mais tu as fini par y arriver, non ?

– Oui, mais à quel prix ! Celui de la honte, déjà, de me retrouver un après-midi dans mon appartement d'alors, assis à côté d'elle, sur le canapé, avec mon envie folle de faire le premier pas empêchée par une paralysie totale. Pour gagner du temps, j'ai dû lui proposer environ quinze cafés. Remarque, du coup, on était bien réveillés la nuit suivante pour faire pour la première fois l'amour. Et là aussi, quel cauchemar…

– Tu n'as pas réussi à… enfin, tu vois ce que je veux dire… »

C'était mignon, malgré une vie sexuelle trépidante et décomplexée, Cécile était dans ses petits souliers quand il s'agissait de prononcer un mot un peu salace.

« Bander, si, mais jouir, non… Ça commençait mal. J'étais persuadé que ce serait éliminatoire. Même si Élodie, toute gentille, m'avait rassuré avec le célèbre « c'est pas grave, ça arrive », quand ça arrive à un garçon déjà pas au top de la confiance, comment te dire… j'avais simplement envie de devenir minuscule et de disparaître tout entier à l'intérieur du préservatif !

– D'accord, mais au final l'histoire n'a pas capoté !

– Mais je vois qu'on fait de l'esprit ! Non, c'est vrai, n'empêche qu'aujourd'hui j'ai l'impression de devoir commencer un puzzle de dix mille pièces avec les mains attachées dans le dos…

– Tu t'en fais une montagne mais ce n'est pas si difficile que ça ! Tiens, imagine, tu ne me connais pas, je suis une fille qui te plaît, comment tu t'y prendrais pour m'aborder ?

– Tu veux que je te drague ?

– Non, que tu me fasses un café, comme avec Élodie… Ben oui, vas-y !

– C'est grotesque…

– T'es chiant. Fais un effort. Tu veux rencontrer quelqu'un ou pas ?

– Je n'en suis même pas sûr, à vrai dire. Il y a des jours oui et des jours non…

– Bon là, c'est un jour oui, alors vas-y… »

Je connaissais Cécile, elle n'allait pas me lâcher. Je sortis donc du salon et me mis en position d'entrer, disons dans un bar. Je me sentais stressé alors que ce n'était qu'un jeu de rôle.

Inquiétant, si j'étais déjà dans cet état-là, comment ça allait être en vrai ? Je me suis lancé. Je suis entré dans la pièce et me suis assis à côté d'elle, à la virtuelle table d'à côté. Et je l'ai abordée.

« Je peux vous emprunter le cendrier ?

– Bien sûr, allez-y...

– Merci... »

Silence.

« C'est tout ? Mais faut que tu enchaînes, là ! Quand une femme t'entrouvre la porte, tu glisses le pied, ou même un orteil, le petit s'il le faut ! Allez, on y retourne !

– D'accord, d'accord... »

Rebelote.

« Je peux vous emprunter le cendrier ?

– Bien sûr, allez-y...

– Vous fumez ?

– Oui.

– Vous voulez une cigarette ?

– Avec plaisir !

– Tenez... Par contre, je n'ai pas de briquet !

– Pas grave, j'en ai un...

– On est sauvés alors... parce que sans feu, c'est plus compliqué pour fumer, hein...

– Allez, enchaîne, embraye et attaque !

– Je peux finir ma cigarette ?

– Tu ne fais aucun effort...

– Je n'y arrive pas ! Même avec toi je n'y arrive pas ! Et puis, c'est grotesque. Allez, c'est bon, on arrête ! »

J'avais haussé le ton d'un coup, la pauvre Cécile était pétrifiée.

« Pardon, excuse-moi, j'aurais pas dû, je sais que ça partait d'un bon sentiment et que tu voulais m'aider... »

Je me sentais con. Doublement con. De m'être comporté ainsi avec elle et de n'avoir pas été foutu de la draguer virtuellement.

« De toute façon, Cécile, comment veux-tu que je rencontre quelqu'un dans un bar, un restaurant ou une soirée, avec la vie que je mène ? Je me lève tous les jours à l'aube et je me couche à l'heure où les filles se mettent à sortir. Et je ne dis pas ça pour me chercher des excuses.

– Tu as essayé les sites de rencontres ? »

Http://www... Pas très romantique comme point de départ de ma quête du Saint-Graal. Enfin, « saint » en l'occurrence, je devrais l'écrire autrement. Sur les conseils de Cécile, j'ai donc décidé de vivre avec mon temps, d'autant plus que du temps, je n'en ai pas vraiment. Entre mes trente-cinq heures de boulot en moins de trois jours et les méthodes à l'ancienne pour lesquelles on a vu toute ma dextérité, je peux déjà tirer un trait sur les rencontres « classiques ». Il y a évidemment le bureau, et dans mon milieu, de la jeune galinette, il y en a. Mais pour draguer heureux, je dois chasser discret. Élodie vivrait sans doute comme une provocation que je sorte avec une de ses collègues. Ou peut-être pas, mais je ne me sens pas de prendre ce risque. Ce n'est pas pour rien que sa lettre n'a pas terminé en cendres. Je m'accroche à l'espoir de sa volte-face. D'une phalange, certes, mais quand même. Et puis, en plus, sortir avec une fille du bureau, c'est dix pour cent de plaisir et quatre-vingt-dix pour cent de galères. La jalousie de ceux qui n'ont pas réussi à conclure avec elle, la mesquinerie de ceux qui étaient sur le point de l'entreprendre, l'hypocrisie de ceux qui ne rêvent que de ça. Les occasions sont nombreuses pourtant, avouons-le. La drague de proximité s'opère aux alentours de la machine à café. Il faut prévoir de la monnaie et se jeter, dans un élan chevaleresque, au secours de la belle dont la pièce ne passe pas ou à qui il manque quelques centimes pour avoir le plaisir d'entendre le gobelet tomber et se remplir d'un café dont la qualité est aussi douteuse que l'origine. Mais la cafétéria n'est pas vraiment Vérone. Le lino du sol, les affiches du comité d'entreprise, le Formica des tables, la gueule des collègues n'appellent pas vraiment au romantisme. L'écran d'ordinateur non plus, même avec un fond d'écran du pont des Soupirs. Ce que je fais en tapant sur le clavier… http://www.je-lance-une-bouteille-à-la-mer.com… Ça commence bien, un voyant clignote, la batterie est presque vide. Extinction de mon portable.

Je me doutais bien qu'en m'inscrivant à un site de rencontres, je ne serais pas submergé immédiatement de demandes. Mais la réalité dépasse de loin mes espérances, si je puis dire. Une semaine que j'ai posté mon profil, et la boîte de réception affiche un « zéro message » déprimant. Pas une seule visite sur ma page. La honte. J'ai l'impression d'être un produit mis en vente déjà condamné au rabais sous peine de prendre la poussière *ad vitam aeternam* dans le rayon. Sauf que je peux difficilement m'appliquer une remise de cinquante pour cent ou une offre exceptionnelle : un like sur ma page = une photo dédicacée offerte ? C'est peut-être ça, d'ailleurs, le souci, je n'ai pas mis d'image de profil. À en croire Cécile, c'est l'erreur fatale à ne pas commettre.

« Comme elles sont submergées de demandes, les filles ne s'embêtent pas : quand il n'y a pas de photo, ça dégage !

– Donc il n'y a que le physique qui compte ?

– Et toi, les filles à qui tu envoies une demande, tu les choisis peut-être sur leurs goûts dans leur profil ? Cette Verveine75, elle a un nom qui ne fait pas rêver, tu ne la trouves pas terrible mais bon, elle aime la Camargue, le football et les super-héros comme toi, donc tu fonces ?

– Non…

– Alors, mets une photo ! Enfin deux, minimum. Les profils mono-image, on se méfie aussi, ça sent le fake, y a de grandes chances que l'emballage du paquet ne soit pas le même quand tu le recevras…

– Ça sent le vécu…

– Tiens, exemple : il y a un mois, j'ai accepté la demande de Gauthier, beau mec, brun, baraqué, un peu poilu et tatoué comme j'aime. Ça, c'était la photo…

– Et alors ? Tu l'as rencontré ?

– Évidemment, j'allais pas passer à côté de ça ! Sauf qu'en fait le Gauthier de la photo, c'était y a vingt ans, celui du rendez-vous avait du ventre en plus et des cheveux en moins, on aurait dit son père ! Sur les sites de rencontres, quand c'est trop beau pour être vrai, c'est que c'est faux : règle d'or numéro 1 ! »

J'avais l'impression de retourner sur les bancs de la fac pour une unité de valeur « séduction virtuelle ».

« Et y a pire !

– Pire que ça ?

– Oui : les nanas qui sont en fait des mecs…

– Des transsexuelles ?

– Non, des mecs qui se font passer pour des filles, par jeu, histoire de s'amuser à te faire tourner en bourrique, te draguer, te chauffer, te faire même envoyer des photos intimes avant de te planter. Ou de te faire chanter pour récupérer de l'argent…

– Sérieux ?

– Là où y a du désespoir, y a toujours de l'arnaque. Donc règle numéro 2 : on dissocie sur toutes les photos qu'on envoie ! Ou la tête ou la queue, mais jamais les deux en même temps ! »

Plus j'écoutais Cécile, plus j'avais envie de courir me désinscrire. En même temps, je n'avais pas trop d'alternatives et puis, j'avoue, plonger dans cet océan d'incertitudes, de faux-semblants et de vraies rencontres m'excitait assez. Mais je répugnais à l'idée de mettre des photos de moi. Sans doute parce que je n'assumais pas de devoir me résoudre à en passer par là pour faire des rencontres. Je me sentais comme un pauvre type réduit à entrer en douce dans un sex-shop pour y trouver un peu de plaisir. Et mon travail, ma petite notoriété étaient un autre frein. Je pouvais me faire griller, pourquoi pas tomber sur une copine d'une copine d'Élodie qui se dirait alors que j'ai bien vite tourné la page pour quelqu'un qui, il y a quelques jours encore, venait gratter à sa porte en gémissant. Et puis je ne voulais pas que les filles intéressées par moi puissent l'être pour de mauvaises raisons, je veux qu'on m'aime pour ce que je suis, pas pour ce que je représente. Comme si cet écueil était plus évitable en rencontrant quelqu'un dans une soirée ou chez des amis… Toujours est-il que j'ai résisté à l'appel de la photo de profil. Cécile m'a prévenu :

« Il va falloir que tu sois très patient, alors. Imagine que tu vas être une aiguille non pas dans une botte de foin, mais dans une grange entière ! »

Elle ne croyait pas si bien dire. J'ai dû attendre quinze jours avant de recevoir ma première alerte. Quelqu'un avait enfin accepté une de mes multiples demandes. C'est fou comme plus le temps passait, moins j'étais exigeant. À une jeune femme dont j'avais évacué d'un revers de souris le profil, je finissais par envoyer une demande si le hasard des algorithmes venait à la faire réapparaître… Avec Kari, j'avais accroché au premier clic. Son pseudo, simple et efficace, m'avait plu. Et à la vue de ses photos, j'en avais déduit qu'il y avait de fortes chances que ce soit plutôt Karima que Karine. Je n'avais jamais eu d'aventures avec une femme d'origine maghrébine et l'idée me séduisait. Il faut dire que mon historique amoureux se résumait à Marie-Laurence, mon premier flirt, Sandrine, la mère de mes deux enfants, et Élodie. Pas vraiment de quoi jouer les Casanova. Ni les difficiles, vu le néant de ma boîte de réception.

En cliquant sur la petite enveloppe pour ouvrir le message, j'étais surexcité. L'attrait de la nouveauté, bien sûr, le frisson de l'inconnu, le trac des premiers échanges, la crainte de la déception, aussi.

« Salut, moi, c'est Kari, enchantée. Et toi, comment t'appelles-tu ? »

Question pertinente puisque effectivement personne dans la vraie vie ne porte le nom de Hooper68. Hooper pour l'un des héros des *Dents de la mer*, 68 pour mon année de naissance (1968). J'avais mis un temps fou à trouver ce pseudo. Mine de rien, il ne faut pas se tromper : disons que ça donne une première indication sur le pedigree de la personne. Ou sur ses intentions.

« Moi, c'est Florian mais tu peux m'appeler Flo, il n'y a que ma mère qui m'appelle comme ça quand elle m'engueule. Enchanté aussi ! »

Voilà, message envoyé. J'ai mis mon prénom, une petite touche d'humour, soulignant que je me suis un poil creusé, ça montre mon intérêt et évite qu'elle croie à la réponse automatique machinalement balancée à elle comme à des dizaines d'autres en parallèle. Est-ce vraiment le bon choix, la bonne stratégie ? Je viens à peine de commencer à essayer de rencontrer par ce biais que je me pose déjà plein de questions. Qu'est-ce que ce sera si Kari mord à l'hameçon et que tout cela se concrétise IRL, comme disent les geeks, « *in real life* ». On n'en est pas encore là, la charrue, les bœufs… Place à l'expectative de la petite enveloppe qui clignote avec une pastille « 1 », signe qu'il y a du nouveau et qu'est lancée une partie de ping-pong verbal. Une attente en chasse une autre. Décidément, j'ai le chic pour me mettre dans ce genre de situations. Au moins celle-ci fait partie du jeu et les dés ne sont pas pipés. Et puis si elle débouche sur du rien du tout, cette fois ça ne me fera pas grand-chose. N'ayant jamais été trop de l'école à mettre mes œufs dans le même panier, j'ai quand même continué à envoyer des demandes à droite, à gauche, brunes, blondes, rousses, jeunes, moins jeunes, jolies, charmantes… Après tout, il n'y a pas de limites sur ces sites, alors pourquoi m'en fixer ? Je me sentais comme un videur sélectionnant les profils à l'entrée d'une discothèque sauf que, pour le moment, à l'intérieur de ma boîte, c'était vide. Je n'en étais pas encore à me demander si j'allais me lancer dans un numéro de funambule à jongler entre les conquêtes, j'avais l'esprit monogame. Et plus précisément zérogame à l'instant où je m'imaginais assailli de demandes acceptées, de rendez-vous concrétisés, de plus si affinités. Le fameux petit « 1 » est apparu assez vite sur l'enveloppe. Pour l'ouvrir, ça m'a pris beaucoup moins de temps que celle d'Élodie. Message, mais pas de Kari ! Jeanne Delafontaine cette fois. J'étais déçu d'un côté mais attisé de l'autre par cette nouvelle venue dans la partie. J'ai vite été fixé sur le choix de son pseudo.

« Bonjour, si ton plumage se rapporte à ton verbiage, tu seras peut-être le phénix de mon bois… »

Rien ne sert de répondre, il faut réfléchir à point. En gros, elle voulait ma photo. Les siennes étant plutôt attrayantes, j'avoue que j'étais plutôt favorable à exaucer sa demande. Néanmoins, comme j'ai bien compris en le subissant moi-même qu'il fallait se faire désirer, je décidai de jouer un peu. Sur son terrain.

« Ai-je un corps beau ou seulement la tchatche de maître Renard ? Dis-m'en plus sur toi si tu veux le savoir… »

Envoyé. On verra bien si je lâche la proie Kari pour l'ombre Jeanne Delafontaine. Je subodore déjà que la recherche d'une rencontre a quelques similitudes avec celle d'un appartement. Quand on en trouve un bien, il y a toujours un moment où l'on se dit que le prochain sera encore mieux. On est tenté de le lâcher, parfois on le fait, et celui d'après, finalement, on le trouve moins bien. Alors on regrette, mais c'est trop tard.

Parfois c'est le contraire, on se dit qu'on a eu raison de le laisser puisque le suivant nous plaît encore plus. Sauf qu'un horrible doute finit par nous saisir : n'y en a-t-il pas un autre qui nous correspondrait encore plus ? C'est une fuite en avant sans fin mais sans personne qui nous court derrière. À part notre peur de nous fixer, de nous engager ou de passer à côté de cette perfection supposée dont on sait, au fond de nous, qu'elle n'existe pas. Ou alors fugace, unique, car elle est protéiforme et évolue sans cesse en même temps que nos désirs, nos envies, nos besoins. J'en viens parfois à me dire que la plus grande infidélité, elle est envers soi-même.

J'avoue que je me suis piqué à ce drôle de nouveau jeu, il devenait même un peu trop chronophage. Après la soustraction d'Élodie, je passais à l'addition des rencontres 2.0, voire à l'addiction, tant j'aimais ces échanges et les petits plans de bataille qui en découlaient pour essayer de séduire mes interlocutrices et de les rendre dépendantes de mes messages, passage incontournable avant d'espérer décrocher un rendez-vous. Le poids des mots mais toujours pas de photos : je n'arrivais pas à franchir ce palier. Cela n'avait pas l'air de déranger plus que ça ces femmes de l'autre côté du clavier ; mon esprit, mon humour semblaient leur suffire. Je n'avais jamais totalement cru à la théorie que, pour ces dames, le physique n'est pas important, mais cela semblait se vérifier, même si certaines essayaient de glaner par voie privée quelques clichés. Je les rançonnais évidemment pour les envoyer, leur demandant la monnaie de ma pièce jointe, ce qui m'a valu de recevoir, sans rien préciser ni même exiger, des photos parfois légères, sensuelles, voire à la limite du pornographique. En plein dedans à vrai dire une ou deux fois. Derrière le paravent de l'écran, l'exhibitionnisme fait un doigt d'honneur à la pudeur. J'étais ébahi de découvrir à quel point celles que je croyais inaccessibles dans le réel le devenaient facilement dans le virtuel. Cela me procurait un sentiment étrange de toute puissance, une ivresse totale qui en venait à faire déborder ces joutes de séduction sur mon temps de travail. Quand un message arrivait, impossible d'attendre – même si le faire ajoute parfois du piquant et désarçonne ma destinataire –, il fallait que je renvoie la balle. Plus d'une fois, j'ai fait le coup du « désolé, je réponds à un message important » en pleine réunion créative. Y compris lors d'un vaste briefing sur un appel d'offres alors qu'à quelques mètres de moi se trouvait Élodie. J'en ai tiré une sensation inédite, paradoxale, à la fois de jouissance sadique et de culpabilité profonde. Comme si je me félicitais d'avoir surmonté cette déception amoureuse tout en m'en voulant de l'avoir réussi. J'attendais d'ailleurs ma première vraie rencontre pour savoir si je serais capable d'aller plus loin qu'un simple rendez-vous ou si le spectre d'Élodie me ferait rebrousser chemin. Elle a fini par arriver.

Kari avait accepté de venir boire un verre au bar en bas de chez moi. Cela ne la dérangeait pas et moi ça m'arrangeait. Face à cette épreuve du rendez-vous que j'avais décidé de m'infliger, le masochiste qui sommeillait en moi préférait se trouver en terrain connu. Cela faisait quelques jours quc l'idée se précisait : après s'être présentés, rassurés, racontés, amusés, taquinés, émoustillés, nous étions mûrs pour passer à l'étape d'après. Elle comme moi, nous avions hâte de savoir si face à face le charme continuerait à opérer, si nos phéromones s'accommoderaient aussi bien que nos mots. Nous avions fixé le rendez-vous à 20 heures. Cela faisait une heure que je tournais et virais dans mon salon, tendu comme un trampoline, me demandant si j'avais eu raison de mettre une chemise plutôt qu'un tee-shirt avec une veste, essayant de dompter cette mèche rebelle, répétant mon « bonsoir » dans la glace pour trouver le ton juste, ni trop tendu, ni trop faussement cool, et me remettant régulièrement du déodorant pour cause d'aisselles trahissant mon stress. Et puis soudain, un SMS : « Je suis arrivée. » J'ai jeté un œil par la fenêtre d'où je voyais l'entrée du bar. Rien. Elle ne m'attendait pas dehors, elle était entrée, pensant peut-être que j'y serais déjà. Bizarre cette impression de partir à l'échafaud alors que tout s'annonçait bien. Un dernier spray de parfum dans le cou, des fois qu'elle viendrait y faire un tour – oui, j'envisageais même ce scénario plus fantasmatique que réaliste. Dans l'ascenseur, je pensai à mes premières rencontres ; il n'y en avait pas eu tant que cela, mais de mémoire jamais je ne m'étais senti si anxieux. Je me surpris à parler à l'ascenseur : « Pas trop vite, prends ton temps, on n'est pas aux pièces ! » Sixième étage, cinquième étage, plus il descendait, plus les battements de mon cœur augmentaient. Rez-de-chaussée, cette fois il faut y aller.

J'ai traversé la rue et me suis planté devant ce bar typiquement parisien avec ses chaises en osier tressé sur la terrasse, ses grandes baies vitrées à travers lesquelles j'ai essayé d'apercevoir Kari. Rien. Je suis entré, cherchant du regard, jusqu'à ce que je voie une main s'agiter. Celle d'une jeune femme, la trentaine, les cheveux noirs mi-longs, la peau cuivrée autour d'une bouche dessinée au rouge à lèvres, un chemisier en soie légèrement entrouvert jusqu'à la commissure de ses seins que venait caresser un sautoir en obsidienne. Elle s'était apprêtée, ce rendez-vous semblait aussi compter pour elle. Je lui ai répondu d'un large sourire en m'approchant de la table. Elle avait choisi la banquette sur laquelle elle avait posé son sac à main et un imperméable Burlington.

« J'espère que je ne t'ai pas trop fait attendre ?

– Ça va, je n'étais pas encore en train d'envisager un lapin…

– On se serre la main ou on se fait la bise ?

– Soyons fous… la bise ! »

Je me suis approché d'elle pour l'embrasser, elle sentait bon la fleur d'oranger, sa joue était délicatement poudrée, pas de doute, elle était aussi raffinée que ses mots lors de nos échanges. Elle correspondait en tout point à l'idée que je me faisais d'elle et surtout elle ressemblait à ses photos, pas de mauvaise surprise de ce côté-là. Je me suis assis en face d'elle.

« Voilà, c'est moi. Pas trop déçue ?

– Pourquoi dis-tu ça, Flo ? Je peux t'appeler Flo ?

– Oui, vu que c'est mon prénom... Je ne sais pas, je pourrais ne pas correspondre à ce que tu imaginais. Plus petit, plus maigre, plus moche...

– J'en ai autant à ton service. Alors, sous le charme, subjugué, déjà fou amoureux, on se marie quand ? »

Kari éclata d'un grand rire, laissant apparaître ses jolies dents blanches. Elle était indéniablement charmante. Je fis un geste au serveur.

« Madame, qu'est-ce qui vous ferait plaisir ?

– Mademoiselle pour l'instant prendra un verre de blanc. Vous avez quoi ?

– Chablis, anjou ou bordeaux, ça dépend si vous préférez sec ou fruité ?

– Va pour le chablis !

– Et pour Monsieur ?

– Monsieur n'ayant aucune personnalité va prendre la même chose que Madame !

– C'est parti pour deux chablis ! Vous dînerez ici ?

– On doit vous dire tout de suite ?

– Non, non, ça peut attendre... »

Le serveur reparti, nous pouvions reprendre la conversation.

« Où en étions-nous ? Je ne sais plus, tu me troubles, ma chère Kari ! À vrai dire, ça fait bizarre de te rencontrer...

– C'est le but pourtant, non ? Sinon on fait comme quand on est petits à l'école, on prend un correspondant à l'autre bout du monde !

– Remarque, là, tu as pris quelqu'un à l'autre bout de Paris, je te signale !

– Oui, d'ailleurs, la prochaine fois, je te préviens, c'est toi qui te déplaces ! Enfin, s'il y en a une…

– Et pourquoi il n'y en aurait pas ?

– Je n'en sais rien, peut-être qu'en sortant de ce rendez-vous tu te diras "allez, suivante !" Tu as rencontré beaucoup de filles, d'ailleurs, grâce au site ?

– Attends, je compte… une… euh, ben une… tu es la première.

– Sérieux ? Quel honneur !

– Ça, je ne sais pas… Et toi ?

– Alors, moi… Tu as un peu de temps devant toi ? »

Un nouveau sourire illuminait son visage méditerranéen. Elle dégageait quelque chose de léger, frais et positif. J'étais séduit et à vrai dire depuis que nos échanges s'étaient intensifiés, j'avais envie de l'être. Je la regardais parler sans vraiment l'écouter. Non pas que la liste de ses précédentes rencontres m'indiffère mais je la dévorais des yeux comme si je recalibrais mes goûts et mes attirances. Après tout je passais d'une petite blonde aux yeux bleus à une grande brune aux yeux verts. Virage à trois cent soixante degrés. Si j'ai choisi des profils radicalement opposés à Élodie, ce n'est forcément pas innocent. Trop proches, ce serait perdu d'avance, elles souffriraient forcément de la comparaison, mon cœur est un palimpseste sur lequel restent encore ses traces fraîches. On ne recouvre pas un tatouage qu'on veut faire disparaître par un autre similaire.

« Au final, j'ai à peu près fait le tour de tout ce que la gent masculine a à offrir, des serial queutards aux chercheurs de femme de leur vie en passant par les maris infidèles qui oublient de te le signaler et les types sans saveur, sans humour et sans conversation.

– Écoute, je ne sais pas trop où tu peux me ranger là-dedans. Tu n'as pas un tiroir vide ?

– Ah, ça y est, tu veux déjà t'installer chez moi ? »

Elle avait de l'humour en plus d'un petit grain de beauté charmant sur le haut du sein droit qu'un mouvement de bras avait dévoilé alors qu'elle me parlait de son job. Elle faisait de la décoration d'entreprise, proposant des toiles de jeunes peintres à des patrons pour égayer leur bureau, en résumé des cadres sans valeur pour des cadres supérieurs. C'était passionnant, cela lui prenait énormément de temps surtout qu'elle avait quitté son travail précédent pour se mettre à son compte. En parallèle, il y avait sa fille de six ans, Inaya, dont elle avait la garde partagée, une semaine sur deux et un week-end sur deux.

« Et avec tout ça, il y a de la place pour un homme ?

– Non ! »

Rires enchaînés avec moquerie.

« Tu aurais vu ta tête, Flo !

– Quelle tête ?

– Celle du garçon qui se demande bien ce que je suis venue faire là s'il n'y a pas d'espace pour une histoire dans ma vie !

– Ce n'est peut-être pas une histoire que tu recherches…

– Je te mets à l'aise si tu penses à un plan cul, non plus ! Enfin pas seulement. Le sexe pour le sexe, à choisir je préfère le gérer comme le reste de ma vie : toute seule !

– Attends, je suis un peu perdu… Tu cherches quoi alors ?

– Tu ne veux pas qu'on aille en parler chez toi ? »

Dire que Kari m'avait pris de court est un euphémisme. Après avoir balbutié un « oui bien sûr ! », réglé nos deux verres et pris nos affaires, on a atterri au pied de mon immeuble. Et au pied du mur en ce qui me concerne. Bien sûr, dans tous les scenarii de cette rencontre, j'avais envisagé celui où on poursuivrait la soirée chez moi. Mais avec mon optimisme légendaire, ce n'était pas celui qui, selon moi, allait se réaliser. Dans l'ascenseur exigu, je frôlai accidentellement sa cuisse, je m'en excusais machinalement, recueillant une gentille moquerie. J'étais aussi gêné que troublé par ce premier contact involontaire. J'osais à peine regarder Kari qui, sentant sans doute ma tension, et je ne parle pas de celle provoquée par sa jambe, me racontait s'être un jour retrouvée coincée dans un ascenseur en compagnie d'un type claustrophobe qui avait hurlé jusqu'à l'arrivée du dépanneur.

« Tu imagines si ça nous arrive maintenant ? Un dimanche soir, en plus ! »

Sans qu'elle s'en aperçoive, j'appuyai sur le bouton « stop » de l'ascenseur, qui s'arrêta net. Kari poussa un petit cri, mélange de surprise et d'effroi.

« Pardon, je n'ai pas pu m'en empêcher…
– Enfoiré, tu vas me le payer !
– Ah oui, et comment ? »
J'ai remis l'ascenseur en route pour sortir au plus vite de la cabine après cette allusion grivoise que je regrettais déjà. Quand nous sommes arrivés dans mon appartement, j'installai Kari dans mon salon.
« Mets-toi à l'aise, je vais nous chercher à boire. Tu prendras quoi ?
– Du vin si tu as, ce sera parfait. Et s'il est blanc, encore plus !
– Je n'ai que du rouge et du rosé. Désolé, j'achèterai du blanc pour la prochaine fois.
– Ah ! parce qu'il y aura une prochaine fois ? »
Elle aimait clairement provoquer, titiller et ce n'était pas pour me déplaire. La perspective qu'elle ne soit pas coincée m'arrangeait, moi qui l'étais totalement.
« Je rectifie : j'achèterai du blanc s'il y a une prochaine fois. Sinon pour celles qui viendront après toi, je préciserai bien sur mon profil que je n'ai que du rouge et du rosé !
– Ah ! tu as d'autres dossiers en cours ? Tu n'as pas tout annulé après qu'on a fixé notre rendez-vous ? »
Nouvel éclat de rire. Je m'étais fait avoir par son air faussement choqué.
« Finalement si tu as de la vodka avec des glaçons, je préfère. J'ai au moins besoin de ça pour oublier que je ne suis pas la seule femme dans ta vie… »
J'étais charmé par son esprit. Je me découvrais sapiosexuel sur le tard. Je profitai de mon passage en cuisine pour inspecter rapidement les pièces sensibles : mes toilettes pour vérifier leur état de propreté, ma chambre au cas où traîneraient des affaires

et ma salle de bains, histoire de remettre la main sur cette boîte de préservatifs achetée il y a quelques semaines. Bon vivant rime avec prévoyant. De retour au salon, je la retrouvai, assise sur le canapé, jambes croisées et cheveux attachés. Ni trop alanguie ni avachie, on aurait dit une patiente en salle d'attente avant un rendez-vous avec son médecin. D'ailleurs elle feuilletait un de mes magazines, l'air absorbé.

« Tu connais le point commun entre la perruche, le castor, le termite, le loup gris et le gibbon ?

– Je dirais que ce sont tous des animaux monogames et fidèles en amour...

– C'est ça ! Comment tu le sais ?

– Parce que j'ai lu cet article peut-être !

– Ah oui, je suis bête... évidemment. Quand on achète un journal, c'est pour le lire...

– Voilà... »

Alors que je lui tendais sa vodka-glace, elle poursuivit sur le sujet.

« C'est fou, en fait ces bestioles sont des exceptions de la nature, des anomalies, vu que les autres, donc une énorme majorité, sont toutes polygames et totalement infidèles !

– Et l'homme, au sens espèce animale du terme, donc ça englobe la femme, tu le ranges où, toi ?

– Si je me base sur mon expérience personnelle, je dirai que c'est un bonobo dans une peau de castor...

– Ou une mante religieuse déguisée en perruche...

– Je ne suis pas d'accord, les femmes sont quand même plus fidèles que les hommes.

– Non, elles sont seulement plus discrètes ! »

Ce fut le point de départ d'une grande discussion où nous nous racontâmes nos vies antérieures, la mienne, assez rapide, la sienne, un peu plus tumultueuse. Nous enchaînions les vodkas et je jetai tout de même un œil à l'heure, ma raison n'étant pas encore suffisamment alcoolisée pour oublier que je me levais à 5 h 30 le lendemain pour la radio. Mais au diable, je pouvais mettre un coup de canif dans mon sérieux, c'était la première fois depuis des mois – que dis-je, des années – que je me retrouvais en tête-à-tête nocturne avec une femme. Et en compagnie du désir qui va avec. La température montait peu à peu, le nombre de degrés dans le salon me semblait supérieur à celui dans la bouteille de vodka, quarante de mémoire. En retirant mon pull, je ressentis une pointe de douleur au niveau de mon omoplate. Je grimaçai, Kari le remarqua immédiatement.

« Tu t'es fait mal ?

– C'est rien, un faux mouvement, ça va passer…

– Tu veux que je te masse ? Tu as ce qu'il faut ?

– C'est gentil mais ne t'embête pas… »

J'avais évidemment très envie qu'elle me rétorque « mais ça ne m'embête pas, puisque je te le propose ! » Et c'est ce qu'elle fit.

« Va chercher ta crème et une serviette, je vais essayer d'arranger ça… »

Je m'exécutai avec la même excitation que j'avais, petit, quand j'entendais ma mère crier depuis ma chambre : « C'est bon, tu peux descendre, le Père Noël est passé ! » J'avais une ouverture en or vers un rapprochement un peu plus intime et sensuel. Moi torse nu, elle les mains sur moi, le terrain était plus que favorable. Je n'avais jamais été aussi content, je pense, de me faire une contracture au dos. Quand je revins avec tout le nécessaire, Kari était à genoux sur le tapis de mon salon.

« On sera mieux ici. Baisse un peu la lumière, s'il te plaît. Tu n'as pas des bougies, par hasard ? »

J'en allumai une qui se trouvait sur la table basse. Je ressentais quelque chose d'étrange, une forme de trac, comme si j'allais prendre l'antenne ou monter sur scène, cette peur qui donne des ailes ou les coupe, on ne sait jamais avant. Là c'était pareil car j'ignorais ce qui allait se passer, ce que Kari avait en tête. Ou aurait en posant ses doigts fins sur moi. J'en frissonnais en m'allongeant sur le tapis.

« Tu as froid ?

– Non, non, ça va...

– Tu as mal où exactement ?

– Là, au-dessus de l'omoplate gauche... »

Je sentis la crème glaciale entrer en contact avec mon dos. Je me crispai.

« Pardon, j'aurais dû la réchauffer avant !

– Tout va bien... »

Alors que les effluves de la bougie gagnaient déjà la pièce, Kari posa ses mains délicatement sur mes trapèzes puis les descendit doucement en exerçant une légère pression. Comme elle se penchait, je sentis son petit haut à bretelles caresser ma peau camphrée. C'était d'une sensualité que je n'avais jamais connue, mes précédentes femmes n'ayant pas une appétence pour ce genre d'exercice. Je sentais le souffle de Kari dans ma nuque, elle se donnait du mal pour me faire du bien. Les yeux fermés, j'entrevoyais le nirvana. Et l'atteignis même lorsque sa tête vint se coller à côté de la mienne. Je me tournai légèrement, ses lèvres fines s'approchèrent alors des miennes. Je me sentais comme une fusée sur un pas de tir avant le décompte final. 3... 2... 1... contact. Entre nos deux bouches, nos deux langues. Elle était désormais allongée de tout son long sur moi. Je basculai sans interrompre ce baiser et la pris dans mes bras, glissant ma jambe gauche entre les deux siennes qui l'agrippaient comme un koala sur un eucalyptus. Je sentais la moiteur de son entrecuisse, elle sans doute cette raideur qui trahissait mon envie d'elle.

« Tu as des capotes ? »

Sa question résonnait comme une promesse. Sans un mot, je me suis levé doucement tout en continuant à l'embrasser puis j'ai détaché à regret mes lèvres pour aller chercher le précieux latex. Quand je suis revenu dans le salon, Kari était entièrement nue, allongée sur le tapis. Je découvris ses petits seins caramel que surplombaient des tétons tendus vers le ciel. En descendant mon regard sur son ventre plat, je distinguai son pubis finement épilé, un petit triangle qui aurait fait aimer la géométrie à n'importe qui. Sans aucune hésitation, moi le complexé par mon corps, je me suis déshabillé à mon tour. Kari me fixait du regard sans un mot. Seul le crépitement de la bougie venait déranger le silence qui régnait dans le salon. Je m'agenouillai, enfilai le préservatif en essayant de le faire avec l'assurance de celui qui a l'habitude, ça fait plus viril, et me collai contre son corps incandescent. Elle saisit mon sexe avec cette assurance qui me manquait. Comme si elle le sentait. Et puis… J'ai toujours eu du mal à mettre des mots sur un rapport sexuel, les mots ne sont jamais les bons, trop vulgaires, trop cliniques, trop approximatifs, il y a des sensations qui ne se traduisent pas, qui se partagent seulement entre deux corps, et cette nuit-là ce furent celui de Kari et le mien. Je ne sais pas combien de temps ça a duré mais pas assez. J'aurais eu envie que ça ne s'arrête jamais, comme si chaque va-et-vient effaçait un peu plus le sordide dessin que ma séparation avec Élodie avait imprimé sur ma vie. Après l'acmé de notre plaisir, je me suis assis à côté de ma jolie Orientale, mes doigts dessinant des arabesques sur sa peau perlée de sueur. Sans un mot.

« À quoi tu penses ?
– À rien… »

Je mentais bien sûr. Moi, ne penser à rien ? Ça n'existe pas. Même pas en rêve. Évidemment que ça se bousculait dans ma tête, c'était même un feu d'artifice, il y avait la fierté d'être parvenu à briser ce plafond de verre du rapport sexuel avec une femme que j'avais seulement lue mais jamais vue. Le soulagement d'avoir réussi à donner du plaisir à ma partenaire – enfin, c'est l'impression que j'avais. Le sentiment de vengeance un peu puéril vis-à-vis d'Élodie : « Ah oui, tu ne veux plus de moi ? Regarde, il y en a une qui en a voulu ! » Et surtout, le vertige de cette porte que Kari venait d'ouvrir sans le savoir : je pouvais plaire, séduire, conquérir, assouvir, peut-être même retenir une femme. Ce massage virant au dérapage venait de déverrouiller quelque chose dans ma tête : un après Élodie était possible pour moi. Si je n'en étais pas encore au point de totalement l'envisager, son éventualité me soulageait d'un poids énorme. Et m'ouvrait des perspectives vertigineuses. Je me sentais comme un Christophe Colomb naviguant sur sa caravelle vers des contrées nouvelles, exaltantes, risquées peut-être mais irrésistiblement attirantes. Allongé contre Kari, regardant mon plafond blanc comme un ciel étoilé une nuit d'été, je tournai la tête vers elle qui somnolait.

« Merci…
– Merci pour quoi ?
– Le massage. Et le reste… »

J'ai revu Kari. Mais pas seulement. Cette première fois a provoqué en moi une véritable frénésie et ouvert un large appétit. De toute façon, ma jolie Maghrébine ne semblait pas tirer de plans sur la comète. Ce n'était pas sa priorité et elle avait eu l'honnêteté de me le dire avant que l'on s'attache – autrement que dans nos jeux, car elle avait beaucoup d'imagination : je n'aurais pas imaginé par exemple qu'on puisse boire du thé à la menthe tout en gâtant son partenaire. En fait, cela m'arrangeait. Je ne me voyais pas replonger dans une histoire aussi unique que classique. C'eût été déjà empêcher ou *a minima* compliquer un éventuel retour de flamme d'Élodie, alors que cette envie, bien que s'amenuisant au fil des jours et des rencontres, demeurait tout de même vivace. Et puis je voulais me faire plaisir après ces mois de frustration. Tant de femmes étaient sur le marché de l'amour, pourquoi ne me focaliser que sur une seule ? J'avais vu où cela m'avait mené jusqu'à présent… J'avoue que je prenais un plaisir non dissimulé à me constituer un tableau de chasse. Assez bêtement, j'avais toujours mal vécu d'avoir une biographie amoureuse qui tenait en trois lignes et quand, avec des amis, nous comparions nos trajectoires féminines, j'ajoutais toujours quelques conquêtes imaginaires par crainte de passer pour une sorte de quasi-puceau. Comme si la quantité de filles qu'un garçon a mises dans son lit ou à l'arrière de sa voiture lui conférait une sorte de statut supérieur, ce que j'appellerais la Popeyisation, en référence aux *Bronzés* et aux kilos de vacancières *tapées* dont se vantait le beau gosse de la bande. À croire qu'il faut coucher, et un maximum, pour réussir à se faire respecter et accepter par ses congénères testostéronés. C'est éminemment vrai quand on est adolescent et, mine de rien, ça le reste bien des années après que l'acné et la puberté ne sont qu'un lointain souvenir. J'avais tellement souffert d'être différent des autres, et pas seulement parce que j'étais le seul de mes copains de lycée à ne pas avoir de mobylette, mes parents arc-boutés sur la peur de l'accident refusant catégoriquement de m'offrir ce signe extérieur d'appartenance à ma tribu, que là j'entendais rattraper le temps perdu. Une sorte de vengeance à retardement contre cette période de ma vie où j'aurais tellement aimé qu'elle soit différente : un autre corps, un autre aplomb, un autre charme. J'étais libre, libéré du poids de cette timidité paralysante, alors c'était décidé, le temps qu'Élodie se décide à se décider, dans un sens ou dans l'autre, j'allais partir à la recherche de mon temps perdu, vivre à trente-cinq ans ce que j'aurais dû naturellement expérimenter à quinze. D'un coup, tout me semblait plus facile, j'en nourrissais d'ailleurs quelques amers regrets. Ah ! si j'avais su avant, si j'avais osé tenter avant, si j'avais pris le risque de me prendre un vent avant, je n'en serais peut-être pas là aujourd'hui dans mon obsession monomaniaque d'une petite blonde aux yeux bleus qui me menait par le bout du nez et du cœur. Dans une période de disette devant le but, Cristiano Ronaldo avait déclaré un jour : « Les buts, c'est comme le ketchup : quand ils arrivent, ils viennent tous en même temps. » J'avais le même sentiment avec les femmes : depuis Kari, les demandes de rencontres se multipliaient, les échanges s'intensifiaient, j'avais l'impression d'être un VRP remplissant son carnet de commandes. Chez moi, c'était un véritable défilé. Je jonglais avec les rendez-vous et découvrais avec surprise, voire stupeur, que j'avais en moi quelque chose qui les faisait revenir invariablement. Au début, j'ai pensé que c'était ma petite notoriété. L'idée que ce soient mes performances m'a aussi effleuré car de ce côté-là, je ne recevais pas de plaintes. Pourtant je n'avais pas l'impression d'être un étalon : je restais très inexpérimenté. Mais sans doute que ma peur de mal faire, de ne pas « assurer », me poussait à donner le meilleur de moi-même. Au lit comme au boulot, j'étais consciencieux. D'ailleurs, dans les discussions horizontales que j'avais de temps en temps revenait invariablement cette constatation : la plupart des hommes ne voient pas plus loin que le bout de leur queue, leur plaisir est avant tout de prendre le leur et tant mieux s'ils arrivent à en donner, mais c'est annexe. J'étais dans l'approche inverse, je ne supportais pas l'idée de ne pas satisfaire ma partenaire, quitte à ce que ce soit à mon détriment. Peut-être, en y réfléchissant, parce qu'avec mon hypersensibilité j'avais une approche toute féminine du sexe. L'autre était mon obsession, un instrument de musique avec lequel je devais jouer la plus belle partition, être à l'écoute, ressentir ses vibrations, interpréter ses gémissements, j'étais dévoué, à son service. Sans le savoir, les femmes qui m'accordaient l'honneur de les honorer couchaient finalement avec une des leurs, c'était du lesbianisme déguisé en hétérosexualité. J'aurais d'ailleurs dû en parler à ma psy, mais je trouvais cela gênant à exprimer et surtout très vantard. C'était pourtant ma nouvelle réalité. Et Élodie n'allait pas tarder à y goûter.

Ce soir-là, en sortant du bureau, je l'avais croisée se dépêchant de rentrer pour relever la nounou de Thomas. Moi je n'étais pas pressé, je n'avais rendez-vous qu'à 21 heures avec Carole, une hôtesse de l'air qui, entre deux Paris-Rio-Paris, atterrissait chez moi de temps en temps. Déformation professionnelle, cette jolie petite brunette, même en repos au sol, aimait s'envoyer en l'air. À ce qu'elle m'avait raconté, le jet-lag permanent avait tendance à exacerber la libido, et le personnel navigant s'en donnait à cœur joie pendant les escales. Même si aujourd'hui elle s'était lassée d'accumuler les aventures sans lendemain comme les miles. J'avoue que voir débarquer Carole en tailleur Air France avec sa petite valise à roulettes, elle que nombre de voyageurs avaient dû dévorer des yeux pendant les consignes de sécurité en imaginant la culbuter dans les toilettes de l'Airbus, me procurait, au-delà du fantasme, une jouissance particulière, un sentiment viril et puéril de mâle dominant. Ce n'était pas si souvent que cela m'était arrivé, c'était à vrai dire peut-être même la première fois de ma vie et je savourais ça. Là, elle débarquait à 20 h 15 de Bangkok et elle comptait sur moi pour un massage, histoire de passer en douceur de la Thaïlande à la France. J'avais prévu de l'huile d'ylang-ylang, des bougies, une playlist relaxation. Il ne manquait plus qu'un grand fauteuil en rotin et mon appartement allait ressembler à un décor d'*Emmanuelle*. D'ici là, pour tuer le temps, j'avais prévu de me poser sur mon balcon plein sud, un verre de rosé à la main et mon portable de l'autre pour échanger avec mes visiteuses passées, présentes et pourquoi pas futures. Je n'avais pas l'impression de tromper Carole puisque nous n'étions pas ensemble. Je laissais volontairement le flou sur la nature de notre relation pour mieux pouvoir m'en dégager le cas échéant. En mode anguille. Elle, jusqu'ici, profitait du moment présent et n'avait jamais abordé le sujet. Je savais que tôt ou tard cela viendrait sur le tapis, mais pour l'instant il n'y avait que son corps dessiné joliment par des années de danse classique qui y prenait place.

« Ça va, Flo ? Excuse-moi, je suis speed, je dois récupérer Thom !

– Il va bien ?

– Toujours aussi pot de colle, allergique aux légumes et à fond sur ses trains électriques en bois. Il va finir à la SNCF à ce rythme-là…

– Cela me ferait tellement rire qu'avec tes idées de droite tu aies élevé un futur cheminot CGTiste… Tes parents, ça va ?

– J'ai pas trop le temps, là. Tu ne veux pas qu'on déjeune un de ces quatre, ce sera plus tranquille ? D'ailleurs, je te l'avais proposé y a quatre mois, j'attends toujours…

– Je suis débordé, le boulot, le reste…

– Le reste ?

– Oui, mais si tu es pressée, je te raconterai plus tard ! »

Je la connaissais : j'avais excité sa curiosité, je l'avais ferrée.

« Et si au lieu d'un midi, on mangeait plutôt un soir ?

– Un dîner ? Pourquoi pas… Faut que je voie… Je te dirai. Allez, file, et embrasse Thom pour moi. »

Je jubilais intérieurement en la voyant se précipiter vers sa voiture et retirer le PV coincé sous l'essuie-glace. Qu'elle me montrait de loin, en faisant une grimace complice. Pour la première fois depuis des mois, les rôles s'étaient inversés : je n'étais plus à la remorque de son bon vouloir. C'est moi qui avais repris les rênes de la relation et je comptais bien en profiter. Avec une pointe de sadisme. Bien sûr que j'allais accepter sa proposition. Comme dans « Déshabillez-moi » de Juliette Gréco : oui, mais pas tout de suite, pas trop vite… Et puis hors de question qu'elle devienne prioritaire, fini le temps où il aurait suffi qu'elle claque des doigts pour que j'accoure dans la minute. J'avais repris de la confiance, de l'autonomie, je ne comptais pas dilapider ce capital, Élodie comptait toujours pour moi, pas la peine de me voiler la face, mais aujourd'hui elle n'était qu'une parmi d'autres. Qui, elles, avaient l'avantage de s'offrir intégralement à moi.

J'ai fini par lui proposer un soir, un vendredi : le lendemain je n'avais pas radio et elle, je le savais pour avoir vécu et parfois subi cette alternance, elle n'avait pas son fils. C'était trois semaines après notre bref échange *afterwork*. Entre-temps, j'avais reçu d'autres visites dont celle de mes enfants, que leur mère avait eu la faiblesse de m'envoyer enfin un week-end, elle qui prenait un malin plaisir à m'en priver au dernier moment sous des prétextes fallacieux : « Ils sont trop fatigués par la semaine d'école », « Romain a un peu mal au ventre, il couve quelque chose, c'est mieux que les deux restent avec moi » ou encore « Julie a un anniversaire samedi, elle veut absolument y aller ». Dans ces cas-là, je n'insistais pas, à quoi bon, je savais qu'ils arriveraient conditionnés avec une seule hâte : être le dimanche soir pour repartir. Et je n'allais pas envoyer la police taper au domicile maternel pour qu'ils amènent manu militari mes enfants à l'aéroport. Les deux jours avec eux furent agréables, sans doute parce que moi-même je l'étais plus, à nouveau souriant, disponible, attentif par la grâce de ma petite révolution personnelle. Je n'étais plus le même et mon entourage l'avait remarqué. À commencer évidemment par Cécile, un soir d'apéro entre deux gorgées de mojito.

« Dis donc, c'est plus le même Flo que la dernière fois. Raconte, y a quelqu'un, enfin quelqu'une ?

– Pas vraiment…

– Ça veut rien dire, "pas vraiment". Alors oui ou non ?

– En fait oui et non…

– Tu peux être plus clair ?

– Ben, je n'ai pas rencontré une fille… »

Là, Cécile a failli recracher son cocktail.

« J'ai rencontré *des* filles !

– Tu m'as fait peur, j'ai cru que tu avais basculé de l'autre côté !

– Et alors, ça aurait été grave ?

– Non, non pas du tout. Simplement, ça m'aurait fait bizarre que mon meilleur ami devienne aussi mon concurrent. Bon, tu as dit "des filles", vas-y, accouche !

– Les sites de rencontres, tu avais raison, c'est une mine d'or. Au début, je revenais bredouille mais je sais pas pourquoi, d'un coup, là, c'est la ruée, pépite sur pépite. Chez moi, c'est le Far West parisien ! »

Je lui listai mes conquêtes avec fierté et délectation, Kari, Carole et quelques autres. Comme Krystel, ma première femme infidèle, qui avait ressenti le besoin de mettre un coup de canif dans son contrat pour se rassurer, vérifier qu'elle était encore désirable entre deux lessives et deux repas familiaux. Stéphanie, dont la coquetterie sophistiquée dissimulait un appétit sexuel aux confins de la nymphomanie qu'elle calmait par le seul moyen efficace qu'elle avait identifié : mater en boucle des films du Splendid. Autant dire qu'avec elle, il n'y avait pas besoin d'un malentendu pour conclure. Ou Sarah, jeune étudiante en archéologie qui voyait en moi un sujet de travaux pratiques, ce qui m'a valu quelques fouilles approfondies et vice versa, car la demoiselle avait soif d'explorer toutes les possibilités du corps humain.

« Je suis contente pour toi, tu vas beaucoup mieux. Et tu sais à quoi je le vois ?

– Non…

– Depuis le début de cette discussion, tu n'as pas parlé une seule fois d'Élodie ! Pas une seule, c'est quand même un signe ! »

Sauf que je m'étais bien gardé de lui parler de ce dîner qu'elle m'avait proposé et que j'avais fini par accepter… J'avais trop peur de me prendre une soufflante, Cécile me soutenant mordicus qu'Élodie ne valait pas toute la souffrance que je m'infligeais à cause d'elle. Et puis qui dit que ce dîner ne finirait pas par tomber à l'eau, l'un ou l'autre annulant au dernier moment pour cause de fausse bonne idée ? En ce qui me concerne, j'attendais cet instant avec sérénité et finalement peu d'appréhension tant la donne avait changé. Élodie, je n'en savais rien. Avait-elle une idée, une envie derrière la tête ou la simple curiosité quant à ma vie d'après elle à assouvir ? Qui dînera, verra…

C'est Élodie qui s'y est collée. Pas moi. Je parle du choix du restaurant. Je préférais qu'elle décide, car c'était tout sauf anodin. En réserver un où nous avions nos habitudes nous replongeait dans notre période de couple et il était sans doute plus malin de se retrouver autour d'une table rase du passé. En trouver un trop chic avait l'air de mettre un enjeu sur ce dîner, un trop anodin, au contraire, banalisait nos retrouvailles. Même la localisation avait son sous-entendu. À proximité de chez elle ou de chez moi pouvait prêter à interprétation sur une idée derrière la tête. Je ne mettrais pas ma main à couper, ou toute autre partie utile de mon anatomie, que, pour trouver le restaurant parfait, elle se soit glissée dans la peau d'un général d'infanterie préparant un plan de bataille, mais cela m'amusait de l'imaginer.

« 20 h 30, chez Afaria, le restaurant basque vers la porte de Versailles. Ça te va ? »

Je répondis par la positive à son SMS. Nous n'y étions encore jamais allés dîner alors que du temps de notre splendeur amoureuse, nous passions souvent devant en nous disant qu'il faudrait un jour essayer ce magret de canard rôti sur l'os, sans doute parfait avec un irouléguy rouge. Mieux vaut trop tard que jamais. Enfin à vrai dire je n'en sais rien, cet Espelette-sur-Seine remettrait peut-être un peu de piment dans notre relation désormais en gros pointillés. Ou peut-être pas. Mais je n'en étais pas à me poser cette question, j'attendais déjà de voir ce que ça ferait de se retrouver tous les deux face à face dans un climat apaisé par le temps. J'arrivai le premier et m'installai pour patienter en terrasse, une bière locale à la main. Je la vis débouler au loin, le pas pressé de celle qui se sait en retard. Elle avait mis une veste en velours noir qui tranchait avec son haut blanc au col très évasé. Son jean réglementaire dessinait ses fines jambes et aux pieds, pour une fois non pas ses sempiternelles Converse, mais des chaussures à talons. Elle avait fait un effort, impression confirmée lorsqu'elle s'est rapprochée : elle s'était maquillée, Rimmel sur les cils et rouge à lèvres léger, ce qui n'était vraiment pas dans ses habitudes. À moins qu'elles aient changé depuis notre séparation. Après tout, c'était le cas des miennes, une alerte d'un nouveau message de Carole sur mon portable me le rappelant alors qu'Élodie n'était plus qu'à quelques mètres de moi. « Tu fais quoi ce soir, bébé ? » Je ne répondis pas et glissai aussitôt l'embarrassant téléphone dans ma poche.

« Désolée, je suis sortie à la bourre du bureau et je voulais repasser chez moi pour me changer !

– Pas de souci, tu as bien fait, tu es très en beauté !

– Merci, mais c'est pas grand-chose… Tiens, tu bois de la bière, toi, maintenant ? »

« Oui, de temps en temps. Je me suis rendu compte que finalement j'aimais bien ça. Tu sais les goûts évoluent mais je te rassure, en bière aussi, je préfère les blondes ! »

Je n'étais pas mécontent de mon effet qui, je le voyais, l'avait un peu déstabilisée. Je désamorçais d'un « je te taquine », tout en me disant qu'en plus, histoire de faire un bon mot, j'avais menti. La vérité, c'est que la majorité de mes conquêtes post-Élodie étaient brunes. Encore un sujet à creuser sur le divan lors de ma prochaine séance, ça ne pouvait pas être que le fruit du hasard. Mon inconscient était sans doute bien conscient que plus une femme serait physiquement éloignée de ma blondinette chétive, plus elle aurait de chances de me plaire et n'aurait pas à souffrir une éventuelle comparaison. En revanche, j'éviterai de dire à ma psy que ma mère est brune, cette manie réductrice de tout ramener à l'enfance commençait à me taper sur le système. Ce n'est pas parce que mon père se baladait à poil à la maison que je suis devenu timide et inhibé en réaction. Enfin je pense…

« Tu veux boire quoi ?

– Un Kir, ce sera parfait… »

Je commandai pendant qu'elle s'allumait une cigarette.

« Tu n'as toujours pas réussi à arrêter ?

– Je n'ai même pas réussi à essayer, c'est te dire !

– Ceci dit on peut pas tout arrêter d'un coup…

– Tu penses à quoi ?

– À rien, à rien… Allez, à la nôtre ! »

En trinquant, je me suis mordu la lèvre. Mon allusion n'était pas d'une grande finesse et je n'avais rien à gagner à ressasser le passé. En guise d'amuse-bouche avant peut-être d'aborder des sujets plus personnels à table, je lui demandai des nouvelles d'à peu près tout le monde, de Thomas, « ça se passe bien le CP ? », à ses parents, « pas trop dur leur agence immobilière avec la crise ? », en passant par son frère, « c'est pour quand le bébé, alors ? », et même sa chienne, « ça va mieux ses problèmes d'arthrose ? ». Le genre de questions qu'on garde sous le coude en cas d'ange qui passe. Pendant qu'elle me répondait, remontait en moi le souvenir d'un de nos derniers dîners en tête à tête avant la décision, enfin sa décision.

Nous étions aussi mal à l'aise l'un que l'autre. Elle parce qu'elle savait sans doute déjà. Moi parce que je faisais l'autruche mais je sentais bien que nous nous effilochions. L'entrée fut interminable et la conversation minable. Poncifs sur poncifs. On a même parlé du temps qu'il allait faire le week-end suivant. Mais le vin aidant et le plaisir qu'on a toujours eu, malgré tout, à être ensemble, l'ambiance s'est décongelée. Je l'ai fait rire, elle m'a regardé avec ses yeux bleu-gris qui m'ont toujours donné envie de me noyer en elle. Peut-être trop d'ailleurs. Car Élodie m'a souvent reproché de la prendre pour une bouée de secours. C'est vrai, j'ai peut-être abusé de son bouche-à-bouche. Mais qu'est-ce qu'elle faisait ça bien. Elle embrassait, je m'embrasais. Le plat fut délicieux et pas uniquement parce que le cuisinier est un bon. Nous étions aimantés comme au premier jour, c'est sans doute ça le chant du cygne. Malgré notre volonté d'éviter le sujet qui nous tenait le plus à cœur, nous n'avons pas pu nous en empêcher : on a reparlé de nous. Cela a commencé en douceur.

« Alors, tes amours ?

– Tu es bien curieuse. Et toi ?

– Moi, calme plat. J'ai déjà un petit homme dans ma vie qui monopolise tout mon temps libre et c'est très bien comme ça…

– Même pas un petit crush, un petit flirt ?

– *Nada* et ceux qui essayent, ils n'ont même pas le temps de me chauffer que je les ai déjà refroidis !

– Ah oui, tu es devenue bonne sœur, donc…

– Toi, te connaissant, tu n'as pas dû rentrer dans les ordres.

– Non, je suis plutôt rentré dans le désordre… »

Et là, j'étais bien embêté. Lui raconter mes histoires par le détail était à double tranchant. J'imaginais ses deux réactions possibles. La première :

« Ah tu vois, c'est bien la peine de m'avoir joué la sérénade de "tu es la femme de ma vie, je le sais, je le sens, je ne pourrai pas aimer quelqu'un d'autre que toi…", à peine Juliette a le dos tourné que Roméo va jouer de la mandoline sous d'autres balcons ! Il n'était pas en marbre mais en papier mâché, le piédestal sur lequel tu m'avais placée ! »

Certes. Même si je pouvais lui rétorquer qu'elle a une notion élastique du temps, car entre la fin d'Élodie et le début de Kari il s'était passé presque une année. Cette réaction-là mettrait un sérieux coup de pelle à mon infime espoir de reconquête. Les femmes sont finalement comme les hommes quand une histoire est terminée : elles espèrent secrètement, même si elles ne l'avoueront pas, qu'après elles, ce soit le déluge. Ou plutôt le désert.

Deuxième réaction possible et c'est celle-là que j'espérais :

« Ah oui ? Dis donc, toi qui me disais être un grand timide, incapable de draguer, quelle métamorphose ! Tu m'avais dit que tu avais changé, effectivement ça a l'air d'être le cas. C'est qui l'heureuse élue ? Ou les heureuses élues, d'ailleurs ? Vas-y, tu peux me raconter, je te rappelle qu'on a été amis avant d'être amoureux… »

Je préférais cette version, cette curiosité additionnée d'une petite pointe de jalousie, voire de regrets, qui pourrait l'amener à se dire qu'elle n'aurait peut-être pas dû me relâcher dans la nature. Ignorant de quel côté la pièce de sa réaction allait retomber, j'ai pris une option intermédiaire…

« Dans le désordre, je veux dire par là que j'ai été un peu secoué ces derniers mois…

– Je sais, je suis désolée.

– Tu n'as pas à l'être, c'est ainsi, et puis tu sais, quelque part, ça m'a fait du bien. J'avais sans doute besoin d'un bon coup de pied au cul, c'est ton trente-six fillette qui me l'a donné !

– Trente-sept… tu vois, tu as même déjà oublié ma pointure.

– Tu ne fais pas du trente-six ? Ah non, ça, c'est ta taille de jupe ! C'est ça ?

– Oui, bien rattrapé aux branches ! Et toi, c'est du quarante-quatre. Pour les baskets, parce que pour le reste, ça ne risque pas. T'as encore maigri, non ?

– Je ne sais pas, à vrai dire, j'ai arrêté de me peser. Et puis de toute façon la balance est restée chez toi…

– Tu n'en as pas racheté une pour ton appartement ?

– Non, ça fait partie de mes nouvelles résolutions : échapper à la dictature du poids.

– C'est bien, et puis tu n'as pas à t'en faire, tu as de la marge…

– Je ferai toujours un peu attention, tu le sais. Il y a des choses qui laissent des traces indélébiles. »

J'étais parti pour refaire une allusion d'une finesse discutable à notre histoire, mais je l'ai interceptée avant la sortie de ma glotte. J'avais déjà suffisamment saupoudré de pathos ce début de soirée. Faire envie plutôt que pitié, règle de base. Heureusement, Élodie a détourné la conversation sur un terrain plus positif.

« Alors, ton appartement ?

– Écoute, je commence à m'y sentir bien, ce n'était pas évident au début. C'est comme quand tu rencontres un inconnu, tu as l'impression qu'il faut un temps d'adaptation, apprendre à le connaître, te l'approprier. Et c'est réciproque, j'ai ressenti que lui aussi devait s'adapter à moi, ce corps étranger qui venait troubler son calme haussmannien. Mais là ça va, à force de le remplir de meubles, de vie, on finit par faire corps ensemble. Ce n'est plus un appartement, c'est *mon* appartement !

– Dis donc, tu es devenu complètement ésotérique…

– Je ne sais pas, peut-être… ça doit être l'approche de la quarantaine, je deviens sage…

– Ça doit être ça, ou alors tu t'es mis à fumer !

– J'ai arrêté la drogue depuis que ma dealeuse m'a foutu dehors… »

Remarquant mon téléphone qui vibrait, les notifications diverses et variées apparaissant en cascades, elle ne put s'empêcher de relever.

« Je ne m'inquiète pas pour toi, apparemment tu as trouvé de la méthadone… »

Je retrouvais Élodie comme je l'avais aimée, souriante et piquante. Et je ressentais à nouveau cette réaction chimique, un bien-être, un frisson intérieur, une chaleur soudaine et réconfortante. Difficile de mettre des mots là-dessus. C'est si rare et intense comme sensation. Et si déchirant de ne plus pouvoir y goûter. Aucune de mes rencontres de substitution n'avait provoqué cela. Je la dévorais des yeux pendant qu'elle dévorait son trio de mousses au chocolat. Elle en avait sur la commissure des lèvres, je me serais bien levé pour l'effacer d'un léger coup de langue. Tellement d'envies d'un coup. De lui redire que la vie, la nôtre, était mal faite. Qu'elle m'avait demandé de changer, de régler certaines choses avec mon passé, avec moi-même et qu'au moment où j'avais fait l'effort de commencer à le faire, elle m'annonçait que de toute manière c'était trop tard. Le mal était fait. Et le mâle défait. Trop injuste. M'excuser d'avoir merdé et fait l'autruche alors qu'Élodie aurait préféré que j'affronte nos difficultés comme un lion. Son signe astrologique. Moi, c'est le capricorne : la tête dans les nuages et les pieds sur terre. Enfin… les pieds embourbés plutôt. Lui exprimer mon désarroi, moi qui pensais qu'elle me laisserait alors une seconde chance. Sauf que pour elle, cette chance, ça faisait longtemps qu'elle me l'avait donnée. Et que j'étais totalement passé à côté. Comme si Élodie avait lu dans mes pensées à cet instant, elle m'a regardé droit dans les yeux, interrompant sa dégustation.

« Tu sais, Flo, j'ai été amoureuse de toi à deux cents pour cent. Alors forcément ma déception a été d'autant plus grande et douloureuse. »

La douloureuse est arrivée justement sans que je n'aie vraiment trouvé quoi répliquer. Un coup de carte bleue, grand prince, et nous nous sommes retrouvés dans sa voiture. Elle passait devant chez moi, elle m'avait proposé de me déposer, je n'avais évidemment pas dit non. Elle était au volant, moi à la place du mort. À ma place, quoi. Elle conduisait, je la regardais, ses yeux embués par la fatigue, l'alcool et, j'ai cru l'apercevoir, un fond de tristesse. Je priais pour que chaque feu passe au rouge. Un peu de temps gagné sur notre au revoir au goût amer d'adieu. C'était peut-être la dernière fois que nous dînions ensemble. Au tout dernier feu, j'ai lâché un « laisse-moi là, je vais finir à pied… » J'imaginais déjà la mise en scène caricaturale de ce moment : moi, claquant la portière et partant la tête haute, la cigarette à la bouche, sans me retourner, façon « même pas mal ». Ce que je n'avais pas prévu, c'est que nos regards se croiseraient puis nos bouches dans une dernière étreinte. Ô temps suspends ton vol, ô feu suspends ton vert…

Que ce moment dure. Et moi aussi d'ailleurs. Ses baisers m'ont toujours provoqué des effets secondaires. Trop bon, trop court. Fini le rouge du feu, fini le rouge à ses lèvres. Je suis sorti de sa voiture. Je me suis retourné. Je l'ai suivie des yeux jusqu'à ce qu'elle freine d'un coup et se gare. Contact éteint et la voilà sortant de son carrosse.

« Tu me le fais visiter, ce fameux appartement ? »

La dernière première fois qu'Élodie était montée chez moi, j'en menais beaucoup moins large que ce soir. Je dégageais cette fois une forme d'assurance presque arrogante. Et j'aimais cela, c'était une revanche contre ces années de paralysie totale quand venait le moment de porter l'estocade amoureuse, de valider par une caresse ou un baiser des semaines, parfois des mois de séduction. Combien de fois ça m'était arrivé ? Combien de fois, alors que tous les indicateurs étaient au vert, je m'étais liquéfié, disparaissant dans un caniveau de honte ? Combien de fois je m'étais traité de con dans ma tête, à la taper contre un mur, après avoir refusé ce dernier obstacle ? L'exemple le plus traumatisant reste Stéphanie, standardiste à mes débuts à la radio. Elle ne travaillait pas pour la même émission que moi mais je m'arrangeais pour la croiser tous les jours, lui offrant un café par ci, lui racontant une blague par là. Après des mois d'approche, là où certains de mes amis qui me poussaient à y aller auraient déjà passé la seconde depuis longtemps, je m'étais enfin risqué à lui proposer un dîner. Ses yeux verts avaient pétillé à cette idée et sa bouche validé sa réponse. Nous nous étions donc retrouvés vers les Champs-Élysées un samedi soir, elle s'était apprêtée, petite robe et bottes en cuir, moi j'avais fait de mon mieux, n'ayant jamais été un parangon de stylisme. Tout s'était divinement passé, elle m'avait raconté ses ambitions, son envie de faire de l'antenne, ces mecs – sans citer leur nom – qui lui avaient fait miroiter un bout d'émission dans le simple but de coucher avec elle. Quand j'avais cru devoir préciser que je n'étais pas comme ça, elle m'avait répondu « je sais ». Stéphanie connaissait aussi mes intentions, et les siennes sans doute, puisqu'elle m'avait proposé ensuite de la raccompagner chez elle, dans le quartier de la Défense. En passant le rond-point de l'Étoile, elle à mes côtés, je me sentais aussi triomphal que l'Arc : ce soir, je l'embrasserais, la serrerais dans mes bras et nous ferions l'amour. Rien ne s'y opposait. Et puis une fois dans son appartement, on s'est retrouvés à trois : elle, moi et ma timidité. Nous étions dans l'obscurité, seulement éclairés par les lumières de Paris qui se reflétaient sur les murs. Elle avait mis un album de Miles Davis, *Tutu* de mémoire, et nous avait servi une vodka tonic avant de se mettre à l'aise, retirant son pull pour dévoiler un petit haut aux allures de nuisette. Tout était en place pour basculer vers ce moment que j'espérais, que j'avais déjà vécu mille fois dans ma tête avant cette soirée. Elle me fixait du regard sans un mot. Je faisais de même mais moi c'est l'impossibilité de dire quoi que ce soit qui me rendait muet. Une sorte de lock-in syndrome. Et ma timidité qui ne cessait de me répéter « allez viens, on rentre ! »…

Stéphanie était assise en face de moi, dans son *body language* elle me réclamait, me suppliait, nos envies étaient sur la même longueur d'onde. Je n'avais que deux mètres à faire pour la rejoindre, mais au sol, pour moi, ce n'était pas un tapis qui nous séparait, c'était un gouffre béant, infranchissable, interminable, d'où sortaient des flammes, peut-être même qu'en me penchant j'aurais pu apercevoir un dragon. Heureusement la trompette suave du génie d'Alton, Illinois, recouvrait le silence pesant de mon impuissance. Finalement, je me suis levé. Son regard s'est éclairé. Pas longtemps.

« Désolé, je vais y aller, je suis crevé et j'ai de la route. Merci pour la soirée, c'était très agréable… »

Stéphanie n'a rien dit. Était-elle déçue ? Sans doute. Était-elle blessée ? Possible aussi. Je m'en voulais qu'elle ait pu penser qu'elle ne me plaisait pas, c'était une interprétation possible à mon inaction dans ces circonstances qu'elle avait su rendre idéales. Je n'ai jamais osé lui demander. De toute façon, après cet épisode tragi-comique, j'avais tellement honte que je l'avais évitée au maximum. Pas très malin non plus. L'occasion ne s'est jamais représentée, le train était passé une fois, Stéphanie a fini par en prendre un autre pour retourner vivre à Lille.

À peine avais-je refermé la porte qu'Élodie me plaquait contre elle. Sa bouche m'avait agressé mais je n'allais pas porter plainte. Victime consentante, je me laissai entraîner dans le salon et balancer sur le canapé. À peine le temps de réagir qu'elle m'avait enfourché puis déboutonné la chemise. Elle avait un regard de fauve, ses ongles étaient des griffes qui me lacéraient le torse. Je ne l'avais jamais connue dans un tel état de transe érotique. Elle a retiré son haut à fines bretelles et l'a balancé sur le parquet. Je me laissai faire. Et défaire le bouton de mon pantalon qui dissimulait mal mon désir. Ses petits tétons qui caressaient mon torse n'arrangeaient rien. Puis elle s'est relevée et m'a tiré par la main. Je ne pensais vraiment pas lui faire visiter mon appartement de cette façon mais je n'étais plus à une surprise près. Comment aurais-je pu imaginer, même avec le plus grand optimisme, que la soirée prendrait cette tournure ? Mais je n'allais pas me plaindre de voir Élodie déchaînée, me dévoilant un visage que je ne lui connaissais pas, en tout cas pas à ce point d'initiative. Elle m'entraîna jusqu'à ma chambre où, d'une pichenette, elle me fit basculer sur le lit avant de saisir le bas de mon jean pour le retirer. Sous la lumière rouge du plafonnier qui empourprait les murs blancs, je me sentais comme la victime expiatoire d'une cérémonie vaudou. En transe, ma sorcière blonde n'avait plus qu'à faire ce qu'elle voulait de moi. Et elle l'a fait.

« On va dire qu'il ne s'est rien passé…

– Il s'est passé quelque chose ? »

En se réveillant, Élodie avait un goût amer dans la bouche : c'était celui de la culpabilité.

« Je ne sais pas ce qui m'a pris hier soir, l'alcool, les hormones, tous ces mois sans sexe, je suis désolée…

– Tu n'as pas à l'être, tu en avais envie, je t'ai laissée faire et c'était très bon. Point final.

– Oui, mais je ne voudrais pas que tu te fasses des films ! Ce n'est pas parce qu'on a recouché ensemble que c'est reparti…

– Je ne crois pas ça. Et puis qui te dit que j'ai envie que ça reparte ?

– Rien, c'est vrai… »

Ce n'était pas une posture pour la faire bisquer, ni même un mensonge car après cette nuit inattendue, pour la première fois je n'étais plus aussi sûr de ressentir ce besoin impérieux d'être à nouveau avec elle. Je ne voyais plus ma vie amoureuse comme un gigantesque entonnoir dont le cône devait inéluctablement me ramener à elle. Élodie n'était plus une nécessité, juste une possibilité. Et ça changeait beaucoup de choses.

« Tu veux un café ? Prendre une douche ?

– Non, je vais y aller, je ferai tout ça chez moi…

– Comme tu veux, je ne te chasse pas. »

Alors qu'elle se rhabillait à la va-vite dans la pénombre, je l'observais. Elle évitait de me regarder, ce plaisir qu'elle avait voulu prendre, elle ne l'assumait déjà plus. Mais elle ne pourrait pas l'effacer : c'était arrivé et une brèche s'était ouverte dans sa cuirasse. Elle s'est penchée vers moi et m'a embrassé. Tendrement mais sur la joue.

« Reste couché, rendors-toi…

– Tu es sûre ? »

Elle avait déjà disparu. J'ai entendu la porte claquer. Élodie ne partait pas, elle fuyait.

Je l'ai recroisée la semaine suivante au bureau, comme si de rien n'était. Pas d'allusion bien sûr à cette parenthèse purement sexuelle, mais j'ai bien senti qu'il y aurait un avant et un après. À sa façon d'être plus amène, moins distante avec moi. Ce n'était pas encore la grande complicité retrouvée, certes, mais imperceptiblement elle faisait un petit pas dans ma direction. Avait-elle ressenti chez moi la présence d'autres femmes ? Avait-elle compris qu'elle n'était plus dans le fauteuil confortable de l'unique être aimé ? Commençait-elle à se dire qu'il y avait un risque qu'une autre puisse prendre sa place, pas tant dans mon lit mais surtout dans mon cœur ? S'était-elle aperçue que cette idée lui était insupportable ? Son attitude trahissait en tout cas une évolution. Pas question pour autant que moi je change mes habitudes. Je n'allais pas lâcher mes proies pour l'ombre d'Élodie. Il en faudrait beaucoup plus et peut-être même que ce ne serait pas suffisant. Je pressentais que j'aurais beaucoup de mal à refermer cette boîte de Pandore dont Kari avait été la clé. Mais le retour sur la pointe des pieds d'Élodie changeait quand même un peu la donne : pas question d'aller trop loin avec quelqu'un d'autre pour le moment. Pour la nuit, oui, pour la vie, non. Je m'étais rédigé un dogme en conséquence : règle numéro 1, j'étais comme certains abonnements téléphoniques, sans engagement. Règle numéro 2, je ne projetais pas plus loin que le rendez-vous suivant. Et celle qui s'aventurait à me demander « On fait quoi cet été ? » se faisait refroidir aussitôt par un « Ouh là, on n'en est pas encore là ». Règle numéro 3, je n'accordais aucune exclusivité et (règle numéro 4) je le faisais bien savoir pour éviter le drame : qu'une de mes partenaires tombe amoureuse de moi.

Pour empêcher qu'une colombe n'essaye de se poser sur mon cœur, j'avais fait de ma vie un épouvantail que j'agitais pendant les conversations : mes deux enfants un week-end sur deux, les relations compliquées avec leur mère, mes horaires infernaux et en dernier recours, si ça ne suffisait pas, je sortais mon joker, encore plus redoutable que celui de Batman : mon ex. C'est généralement rédhibitoire pour une femme, elle ne veut pas mettre les pieds là où il reste encore des traces d'autres pas. Je m'y suis tenu sans trop de difficultés, jouissant de cette liberté de faire ce que je voulais, quand je le voulais, avec qui je le voulais. La plupart de mes partenaires se pliaient à mes règles. Certaines parce que cette légèreté les arrangeait tout autant que moi. D'autres parce qu'elles espéraient secrètement trouver les arguments pour me faire sortir de ma ligne de conduite. Beaucoup ont essayé. Une a fini par y arriver.

« Il faut absolument que je te présente quelqu'un ! »

Mon ami Arnaud était si enthousiaste que je pouvais difficilement refuser. Même si après ces mois de célibat bien remplis, ce buffet de filles à volonté, j'étais à peu près arrivé à satiété de rencontres. Mon coupe-faim ultime étant cette certitude qu'Élodie n'était plus aussi sûre que ça de ne plus vouloir de moi.

« Laëtitia va te plaire, elle est corse, c'est une fille canon, j'ai bossé avec elle. »

Et couché aussi, accessoirement. Comme ça au moins sa recommandation englobait tous les paramètres de ladite jeune femme.

« Une Corse ?

– Comme l'île : de toute beauté. Tu vas te régaler.

– Mais tu lui as déjà parlé de moi ?

– Je te l'amène sur un plateau. Je lui ai raconté ta situation…

– Toute ma situation ?

– C'est-à-dire ?

– Élodie, les sites de rencontres…

– Je ne suis pas rentré dans les détails, elle sait juste que tu n'as pas envie de te prendre la tête et ça tombe bien, elle non plus. Enfin, elle te racontera tout quand vous vous verrez. Voilà son numéro, elle attend ton coup de fil. »

Et de me tendre un petit bout de papier plié en deux accompagné d'un clin d'œil complice et lubrique plein de promesses auquel il me serait difficile de résister. Alors je n'ai même pas essayé. On a échangé quelques messages, histoire de, mais pas plus que ça. De toute manière, ayant été chacun chaudement recommandé par notre ami entremetteur, il n'y avait pas de doute à avoir, de questions à se poser ou de temporisation stratégique à mettre en place. Il suffisait de fixer le jour, l'heure et le lieu. Option retenue, un samedi, sans enfants ni pour elle ni pour moi, et chez moi, elle préférait. J'ai noté d'ailleurs à quel point les femmes répugnaient à m'accueillir chez elles. Au moins dans les premiers temps, comme si cette intimité-là était bien plus essentielle, préservée, sanctuarisée que celle de leur corps. L'ouvrir à un homme semblait nécessiter une période d'essai au bout de laquelle était enfin ouverte la possibilité de montrer la réalité cachée derrière l'apparat des premiers rendez-vous : cette robe de chambre en pilou accrochée à la porte de la salle de bains, ces chaussons rose fatigué dans l'entrée, cette crème dépilatoire sur le rebord de la douche, autant pour elles de tue-glamour. La peur peut-être d'avoir menti sur la marchandise, la pression sans doute de devoir être une princesse en toutes circonstances. Finalement, être une femme en quête d'un homme, aujourd'hui, ce n'est pas être soi, c'est jouer face à lui le rôle de celle dont il rêve. Et comme au théâtre ou au cinéma, on n'a pas forcément envie d'en dévoiler les coulisses.

Il était aux alentours de 20 h 30 quand Laëtitia est entrée en scène. Et dans ma vie. Entre chien et loup, la chaleur de la journée s'évacuait doucement, chassée par un courant d'air rafraîchissant. J'avais installé une petite table et deux chaises sur mon balcon filant, posé un seau à champagne destiné à accueillir la bouteille qu'elle m'avait promise. Quand la sonnerie de ma porte a retenti, je me suis surpris à jeter un coup d'œil dans la glace pour vérifier mon allure, à me racler la gorge pour avoir la voix bien claire au moment de prendre la parole, et j'ai ressenti ce petit trac délicieux, celui qui précède la première rencontre, quand le fantasme est à quelques secondes de vérifier s'il ne s'est pas fait avoir par la réalité. J'ai attendu un peu avant d'ouvrir, pour cacher mon impatience. La première chose qui m'a éclaté au visage en voyant Laëtitia, c'est ce sourire incroyable, comme un shot de bien-être qu'elle offrait à ceux qu'elle croisait. Elle était solaire et même énergie solaire tant elle dégageait d'électricité. Avant même que la moindre syllabe ne soit sortie de sa bouche en arc de Cupidon, elle avait déjà court-circuité quelque chose en moi. Était-ce cela le fameux coup de foudre ? N'ayant pas d'antécédent en la matière, impossible de répondre. Mais j'étais déstabilisé.

« Tu ne me fais pas entrer ?

– Euh si, si, pardon… »

Je la laissai passer le pas de la porte comme un douanier après un contrôle d'identité. Une frontière venait déjà d'être franchie. Elle me claqua une bise avant de poser ses affaires sur mon canapé. Je la sentais tellement à l'aise que j'avais l'impression que c'était elle qui me recevait chez moi.

« Tiens, il faut le mettre un peu au frais…

– Oui, oui, bien sûr… »

Elle m'avait tendu une bouteille de Ruinart rosé que je plongeai dans le seau rempli de glaçons.

« C'est mon préféré, tu aimes ?

– Il faudrait être difficile pour ne pas aimer. »

Je ne pensais pas qu'à la marque du champagne, découvrant ses formes joliment mises en valeur par un chemisier légèrement déboutonné et une jupe bleu marine dont s'échappaient deux jambes musclées. Des années de danse étaient passées par là. Elle avait la peau mate et les cheveux bruns. La Corse dans toute sa splendeur.

Tout dans ses gestes, son attitude, dégageait de l'assurance.

« Je peux fumer ?

– Tu peux faire absolument tout ce que tu veux.

– Tout, vraiment ? D'accord, je le note… »

Joueuse avec ça. Elle savait ce qu'elle voulait et sans doute aussi ce qu'elle ne voulait pas. Elle s'alluma une cigarette fine qu'elle tenait de façon très sensuelle. Naturellement, sans forcer quoi que ce soit.

« Tu fumes, toi ?

– De temps en temps, le cigare surtout, mais quand je suis seul pour ne pas déranger avec la fumée.

– Tu peux y aller, ça ne me gêne pas, j'apprécie, même. »

Toutes ses phrases étaient ponctuées par ce sourire entêtant, c'était son parfum à elle. Moi qui depuis Kari et ses suivantes avais gagné en assurance et en gestion des premières fois, je me sentais de retour à la case départ. Je ne savais pas trop par quel bout la prendre, si je puis dire, quand bien même la soirée semblait toute tracée, les circonstances de cette rencontre arrangée faisant foi. Mais justement c'est la première fois que je vivais ce type de scénario. Ce connu avait pour moi paradoxalement un goût d'inconnu.

« Tu nous sers une coupe ? Il fait soif avec cette chaleur. »

Une, puis deux, puis toute la bouteille. Pétillante, elle buvait son Ruinart et moi ses paroles. Elle me racontait ses étés dans la maison familiale au village, perdu dans la montagne de Balagne. Son papa allergique au continent qui n'avait jamais quitté l'île, sa grand-mère qui allait encore tous les dimanches à la messe malgré ses difficultés à se déplacer, ses frères protecteurs qui promettaient l'enfer à qui s'approcherait trop près de la petite sœur, sa mère partie quand elle avait dix ans, son déracinement à cause des études, puis sa rencontre avec le père de ses deux filles. J'étais captivé. Elle avait ce truc en plus qui la différenciait de toutes les autres depuis Élodie, ce magnétisme qui m'aimantait à sa bouche, ses yeux noisette, ses cheveux longs, sa poitrine conquérante aussi – sur ce point, Arnaud ne m'avait pas menti. Avec elle, il y avait quelque chose de l'ordre de l'évidence, je pressentais que nous allions nous entendre sur tous les plans. Et ce fut le cas quand, ivres de champagne, nous décidâmes de continuer la conversation dans mon salon. Il ne fallut pas beaucoup de temps pour que je sois autorisé à visiter ma Corse. Elle me plaisait, c'est un euphémisme, et cela semblait réciproque. En déboutonnant son chemisier, je l'entendais soupirer. Sa peau cuivrée était une invitation à m'allonger sur elle comme un été sur une plage de Palombaggia. Elle m'agrippa les cheveux et fit plonger ma tête entre ses deux seins fermement décidés à accueillir ma langue. Celle-ci se balada dans des mouvements aussi sinueux que le GR20 jusqu'à atteindre la lisière de son string. Ses doigts le firent glisser pour m'aider à continuer ma promenade buccale. La suite fut délicieuse pour elle puis pour moi quand elle décida de me rendre la pareille. Plaisir de jouir, joie de recevoir. Nos deux corps finirent par ne plus faire qu'un dans des éclats de plaisir, et de rire aussi, lorsque déséquilibrés nous tombâmes du canapé vers le tapis. Sans se décrocher pour autant, comme si désormais rien ne pourrait nous séparer.

« Ça fait un bien fou…

– Cela faisait longtemps que tu n'avais pas fait l'amour ?

– Une éternité, la dernière fois, je n'avais pas encore de cheveux blancs.

– Sérieux ?

– Oui, c'est mon drame, trente-cinq ans et déjà ils apparaissent… Et chez une brune, ça se voit comme le nez au milieu de la figure…

– Je n'ai rien remarqué…

– Non, tu avais la tête ailleurs ! »

Et dans un éclat de rire, elle se leva pour aller fumer une cigarette en petite culotte sur mon balcon. Je le rejoignis et me collai derrière elle, mon menton posé sur son épaule. Il n'y avait pas un bruit à part son souffle expirant la fumée. Je fermai les yeux. Emporté par son parfum, je me sentais partir très loin. Où ça ? Je ne sais pas vraiment mais j'avais envie qu'elle m'y accompagne.

Je suis passé la prendre porte d'Auteuil, au coin de la brasserie, comme convenu. Les voitures se pressaient vers la sortie de Paris, un vendredi soir comme un autre. Sauf pour moi qui emmenais Laëtitia pour la première fois en week-end. Direction la côte normande et la perspective de se balader main dans la main sur la plage, moi l'homme, elle la femme, chabadabada. Depuis Élodie, il ne m'était plus arrivé de faire ce genre d'escapade. En avoir envie avec ma brunette corse était révélateur. Avec elle, je me sentais prêt à passer un peu plus qu'une soirée ; une nuit, voire la matinée. Deux jours entiers, il faut les occuper, et c'était un bon moyen de vérifier que notre compatibilité allait bien au-delà de nos ébats. Bizarrement, je n'en doutais pas, peut-être m'étais-je autopersuadé, car au fond de moi avait émergé une évidence : j'avais envie qu'elle soit la bonne, celle avec qui je pourrais envisager un peu plus que se voir de temps en temps, celle à qui j'aurais envie de tout dire et pas seulement ce que j'estime agréable à lui faire entendre pour le charme, celle dont j'aimerais enfiler cette fameuse robe de chambre en pilou après avoir dormi chez elle. Elle cochait toutes les cases, hormis celle d'une relation apaisée avec son ex. Cela me rappelait de mauvais souvenirs mais pas au point d'entraîner un blocage. Après tout, moi aussi j'avais mon lot de pilules pas faciles à avaler pour celle qui entrerait dans ma vie.

« Tu nous mets un peu de musique ?

– Tu veux écouter quoi ?

– Des trucs des années 1980, je sais pas pourquoi mais j'ai envie de chanter. Faux, je préfère te prévenir !

– Pas grave, il paraît que chanter faux et fort est un signe de bonne humeur !

– Moi, je le suis ! Trop contente de partir avec toi ! »

Un énorme baiser sur ma joue conjuguée à une main entre mes cuisses vint valider cette affirmation. Je me baladai aussitôt sur les différentes stations de radio avant de tomber sur une pépite oubliée : Philippe Timsit, « Henri, Porte des Lilas ». Pointu. Mais Laëtitia, ô divine surprise, connaissait. Ce n'est pas possible, elle avait été dessinée sur mesure pour moi. Et de me raconter ses soirées filles chez Régine où le DJ les rendait hystériques à coups de « *One hit wonder eighties* ». Je l'imaginais se trémoussant sans complexe au milieu d'une meute d'amazones chauffées à blanc par le son des synthés et des boîtes à rythmes et chantant à tue-tête les paroles qu'elle connaissait évidemment par cœur, constat dressé lors de ce Paris-Deauville aux allures de karaoké autoroutier.

Elle semblait imperméable à la négativité, son rire comme un épouvantail à problèmes semblait les éloigner, et comme tout le monde, elle en avait. Maman séparée avec deux enfants à charge et un ex, pigiste pas vraiment coopératif, qui plus est dépressif, il était un peu cabossé, le conte de fées de ma princesse charmante. Mais les pieds collés contre le pare-brise de mon carrosse, sa brosse à cheveux en guise de micro, elle avait l'air de s'en moquer royalement. « Et tu chantes, chantes, chantes ce refrain qui te plaît ! » Début de soirée à fond dans la voiture, la nôtre s'annonçait vraiment bien.

Après avoir déposé nos affaires au Normandy, direction une brasserie incontournable sur le port à Trouville où le beurre sur le plateau de fruits de mer est aussi salé que l'addition. Quand on aime, on ne compte pas. Quand on n'aime pas non plus, d'ailleurs, histoire de ne pas passer pour une pince pire que celle du tourteau. De toute façon, au bout de deux verres de blanc sec, j'étais déjà beaucoup moins regardant sur les prix, et puis on avait décidé de se refaire au casino après dîner. Laëtitia était surexcitée.

« D'être avec moi ?

– Non, d'aller jouer au black jack ! »

Rire moqueur en me faisant du pied sous la table pour se faire pardonner de cette mignonne fourberie. Une sole meunière et des profiteroles plus tard, nous étions à l'entrée de cette gigantesque bâtisse du début du vingtième siècle, un grand paquebot blanc posé au bord de la mer où beaucoup de rêves de richesse étaient venus s'échouer. La mine des gens qui sortaient en disait long sur le sort qui nous attendait : on va à la banque sans argent pour en ressortir avec ; au casino, c'est exactement le contraire. Les quelques cris de joie au son des pièces dégueulant d'une machine à sous ne sont qu'un leurre pour nous faire oublier que le sort, comme les dés, en est jeté avant même de commencer la partie : nous repartirions un peu plus légers côté porte-monnaie. Ce fut le cas malgré une Laëtitia déchaînée. À la table de black jack, elle a fait le show, sautant de sa chaise les bras en l'air à chaque fois que ses cartes prenaient le dessus. Et tapant du poing sur le pauvre tapis de jeu quand le sien était battu. Dire qu'elle était sanguine était un euphémisme. La « corsitude » sans doute. Je m'étais fait rincer depuis longtemps et la contemplais, amusé et enamouré, dans son bras de fer avec le meneur du jeu.

« Si tu perds, tu ne vas quand même pas plastiquer sa voiture ?

– De toute façon, je ne vais pas perdre !

– Prépare-toi à l'idée, sait-on jamais… »

Elle ne m'écoutait déjà plus. Le croupier venait de lui servir un roi de cœur et un as de pique. Black jack. Hurlement. Adieu mon tympan gauche. Les autres joueurs la regardaient plus que leurs propres cartes, à la fois effrayés et consternés, moi aussi, mais subjugué. Une fois son gain récupéré, elle provoqua son adversaire qui affichait un valet de trèfle. Tout restait possible. La tension monta d'un cran et je vis Laëtitia croiser les doigts dans son dos. Une autre carte, un trois, toujours de trèfle. La règle était simple : il ne fallait pas dépasser vingt et un avec la somme de sa main. Cette fois, son autre main venait serrer la mienne très fort. L'employé du casino, engoncé dans son gilet noir, ne montrait aucun signe de nervosité. La force tranquille de l'habitude. Tout le contraire de ma brunette qui tapotait la table en attendant qu'il retourne la carte suivante. Un huit de carreau. Vingt et un pour lui aussi !

« Putain merde !!! »

Le silence solennel et calfeutré de la salle de jeu venait d'être transpercé par ce cri du cœur inapproprié, à peine rattrapé par un « désolée » qui ne l'était pas vraiment.

« Vingt et un contre vingt et un, tu récupères ta mise, c'est pas si grave !

– Quelle conne ! Mais quelle conne ! »

Elle termina sa vodka-pomme d'une traite, croquant le glaçon avec la même soudaineté que son éruption volcanique à l'instant.

« Je suis désolé…

– C'est pas ta faute, c'est moi, je me suis enflammée quand j'ai vu mes cartes, et le croupier a parfaitement joué les extincteurs.

– Tu veux rejouer ?

– Non, je veux reboire plutôt, mais à l'hôtel.

– Tes désirs sont des ordres.

– Fais attention, tu pourrais le regretter…

– Même pas peur, enfin si un peu, je viens de voir ce dont tu étais capable. »

Après avoir laissé les maigres jetons qui lui restaient au croupier, on est rentrés en marchant le long du port. Laëtitia ruminait toujours la partie, j'avais compris depuis longtemps qu'elle prenait vraiment tout à cœur. La tiédeur, le compromis, l'indécis étaient *persona non grata* chez elle. Pour preuve, ses talons hauts l'ayant suffisamment martyrisée à son goût, c'est pieds nus qu'elle avait décidé de finir les centaines de mètres qui nous séparaient du Normandy. Où sans même se poser de question, elle est rentrée avec son naturel désarmant et toujours ses chaussures au bout de ses doigts. Au portier qui le lui avait fait remarquer d'un signe discret, elle avait répondu par un clin d'œil et un « chut », l'index sur la bouche. Imparable. On s'est installés au bar de l'hôtel clairsemé de rares clients qui sombraient dans leur fauteuil au son mollasson d'un « *Fly me to the moon* » aussi fatigué qu'eux. Le pianiste faisait ses heures et elles n'étaient pas de gloire. Je fis un signe au barman qui ne relevait même pas.

« Désolé, je n'ai aucun charisme…

– Je gère. Tu veux quoi ?

– Gin tonic… »

Quelques minutes plus tard, nous étions servis avec le sourire.

« Tu n'aurais pas des petites choses à grignoter, Éric ? Je suis affamée.

– Pas de souci, Laëtitia, je vais aller voir en cuisine, je te ramène ça. »

J'étais sur le cul.

« Tu le connais ?

– Ben oui…

– Ah, je me disais aussi. Tu étais déjà venue et vous aviez sympathisé, c'est ça ?

– Pas du tout, on a fait connaissance il y a deux minutes. Éric vient du Havre où il vit avec son mec qui bosse aussi de nuit dans un club. Si on veut manger des bons bulots demain midi, il faut aller au Cap Horn et demander Benji de sa part !

– Mais tous les mecs sont comme ça avec toi ?

– Les homos, oui, ne me demande pas pourquoi !

– Tant que c'est que les homos…

– Oh, c'est mignon, cette petite pointe de jalousie… Allez, tchin ! »

Nos deux verres se sont entrechoqués, et nos corps aussi, après. Intense, torride, exalté. Et cela a duré un peu plus longtemps que sa conversation avec le barman, les quelques amuse-bouche glanés par ses soins n'ayant pas calmé l'appétit de Laëtitia. Je n'avais eu ni la force ni l'envie d'opposer la moindre résistance et m'étais laissé dévorer par mon amante pas vraiment religieuse. Moi qui aimais maîtriser tout, sur ce lit *king size* au matelas épais, j'avais complètement perdu le contrôle. Je crois que j'aimais ça autant que cela me faisait peur.

Sur la route du retour, l'ambiance était beaucoup plus calme qu'à l'aller. L'autoradio était au chômage technique, mais pas les lunettes de soleil de Laëtitia qui masquaient ses yeux endormis. Elle laissait échapper de légers ronflements et même ça, je trouvais que c'était sexy. Je commençais à m'inquiéter sérieusement d'être autant maraboutë, ce n'était pas censé se passer comme cela, l'idée première étant de s'éclater sans se prendre la tête, ni elle, ni moi n'avions d'autres ambitions que ces poignées d'heures fugaces où nos égoïsmes avaient enfin droit de citer. D'ailleurs peut-être était-elle toujours sur cette ligne de conduite, je n'osais pas vraiment l'aborder avec elle. Trop peur de plomber la légèreté de nos instants avec ce sujet sérieux. De l'entendre aussi peut-être me dire que c'était exactement ce qu'elle souhaitait. Mais pas plus. Je devais me rendre à l'évidence : « pas plus » était de moins en moins assez. De toute façon, Laëtitia écrasait dans son siège, le menton appuyé sur sa ceinture de sécurité. De légers soubresauts trahissaient qu'elle était en train de rêver. Je la regardais au moins autant que la route, ce qui n'était pas vraiment raisonnable. Mais avec elle, cet adjectif semblait inadapté. Aux portes de Paris, elle émergea de son sommeil, s'étirant comme un chat aux griffes vernies de rouge. Dans le miroir de courtoisie, elle se remaquilla.

« Ne me regarde pas, je suis horrible ! »

Cette petite coquetterie me flatta intérieurement. Elle faisait attention à se montrer sous son meilleur visage et j'y voyais un signe que je comptais pour elle. Sans quoi, entière comme elle était, elle aurait pu s'en moquer et envoyer balader son blush d'un *basta* corse.

« Je te dépose chez toi ?

– Oui, je dois récupérer mes filles, je rebascule en mode maman, mon ex devait les garder ce soir mais il doit partir à Lyon pour une pige, alors je les récupère, pas le choix…

– Tant pis, je noierai ma tristesse de ne pas t'avoir ce soir dans une piscine de rosé. »

Je devais composer avec cette variable, frustrante certes, mais garde-fou bienvenu pour moi qui n'était pas encore sûr de vouloir passer la seconde dans cette relation. Cette machine sentimentale s'emballait et je me suis surpris à commettre l'irréparable au moment de la laisser en bas de chez elle. Après un dernier baiser brûlant, Laëtitia me remercia pour ce week-end de rêve. En échange, je sortis de ma poche une petite surprise glanée le matin même lors d'une sortie-alibi.

« C'est quoi ?

– Ouvre ! Tu verras… »

Elle déchira le papier cadeau et éclata de rire.

« Espèce d'enfoiré, tu me le paieras ! »

Entre ses doigts longs et fins un livre : *Le Black jack pour les nuls*.

« Potasse-le pour la prochaine fois !

– Ah parce qu'il y aura une prochaine fois ?
– Ce n'est pas impossible…
– Allez, j'y vais, on s'appelle. Rentre bien !
– Laëtitia ?
– Oui ?
– Je…
– Tu ?
– Je… c'est tout ! Ha, ha, ha !
– Moi aussi ! »

Elle claqua la portière, je la regardai entrer dans son immeuble, me demandant pourquoi le « t'aime » était resté coincé dans ma gorge. Je démarrai, la tour Eiffel au loin comme repère de ma destination finale. Dans les enceintes de mon autoradio, Michel Sardou éructait que là-bas, au Connemara, on sait tout le prix du silence. Moi je l'avais gardé au moment de lâcher la phrase qui pouvait tout changer. Soudain, vibration dans la poche gauche de mon jean. Je sortis le téléphone. Un SMS. Laëtitia sans doute. Avait-elle capté ma reculade verbale ? Je me sentis un peu gêné aux entournures au moment de découvrir ce message. Surtout quand je m'aperçus qu'il ne venait pas de Laëtitia mais d'Élodie…

« Salut Flo, est-ce qu'on pourrait déjeuner ensemble ? J'ai quelque chose à te dire. Bonne soirée. »

En temps normal, impulsif et impatient que je suis, j'aurais répondu dans la seconde. Mais là je ne me sentais pas capable de le faire, ni dans la minute, ni même dans l'heure. J'étais déstabilisé par ce SMS. Pour mille raisons. Depuis notre dérapage plus ou moins contrôlé, nos relations s'étaient un peu réchauffées, une forme de confiance, de complicité amicale s'était retissée entre nous qui me faisait lever le voile sur une partie de mes aventures avec d'autres. Elle en était friande, curieuse par nature, et moi j'avoue que je trouvais un malin plaisir à lui montrer combien, même sans elle, je m'éclatais. Cette vantardise avait un petit goût de revanche savoureuse. On se console comme on peut. Néanmoins, nos échanges étaient espacés, toujours au bureau, souvent à la pause déjeuner, jamais en dehors. Sa vie intime était pour moi un épais brouillard que je n'essayais pas de forcer. Trop peur d'apprendre qu'elle avait quelqu'un en vue, voire plus. Ce n'est pas parce qu'on n'était plus ensemble qu'elle devait être avec quelqu'un d'autre ! Je ne suis pas du genre Attila, mais ça m'embêterait que l'herbe repousse là où je suis passé. Et si c'était ça qu'elle avait à me dire ? Après tout, vu ce qui était en train de se passer avec Laëtitia, je me disais que je n'avais pas le monopole du cœur qui s'emballe. C'est aussi pour ça que ce message d'Élodie me faisait bloquer. Sa temporalité. C'est fou, je rentrais d'un week-end idyllique avec ma brune incendiaire, j'étais à deux doigts, enfin deux syllabes, de lâcher LA phrase qui pouvait tout changer, faire passer un niveau supplémentaire à notre relation, et voilà que ma blonde discrète se manifestait. L'avait-elle senti ? Et moi, si j'avais été incapable de dire ce « je t'aime », était-ce parce qu'il avait quelque chose d'irréversible qui compliquerait nettement une marche arrière au cas où Élodie tenterait finalement un come-back dans ma vie amoureuse ? Elle connaissait l'existence de Laëtitia mais pas l'intensité de notre relation, que je m'étais bien gardé de lui raconter. Ne serait-ce que pour ne pas la décourager : au fond, je voulais encore et toujours lui laisser une porte entrouverte. Alors que je garais ma voiture, je trouvai un des longs cheveux bruns de ma Corse. Je me surpris à le saisir et à le respirer, les yeux fermés, comme un brin d'immortelle. Avant de prendre mon portable et de relire le message d'Élodie. Puis d'y répondre.

« Mercredi, 13 heures, au Dupond, si tu peux. »

Réponse instantanée.

« Parfait, à mercredi, bisous. »

Qu'est-ce qui m'avait pris de lui proposer cela ? J'aurais pu attendre un peu, prendre un peu de recul, de hauteur, il n'y avait pas d'urgence. J'avais le chic pour me mettre dans des situations impossibles. Pourquoi faire compliqué quand tout était si simple ? En acceptant ce déjeuner, même si je n'en connaissais pas le sujet, j'avais l'impression de tromper Laëtitia avec Élodie. C'était quand même un comble, car je savais très bien que je ne lui parlerais pas de ce rendez-vous alors que je devrais. Par honnêteté, transparence. Et si, par le plus terrible des hasards, elle venait à me demander si j'étais libre mercredi midi, est-ce que je lui mentirais sur l'identité de mon convive ? Elle ne méritait pas cela, tant elle était parfaite, conciliante et transparente avec moi depuis notre rencontre.

« Tu sais, j'ai connu pas mal de mecs, j'ai fait le tour de leurs défauts, et celui pour lequel j'aurai toujours une aversion viscérale, c'est le manque de franchise. Pour moi un homme doit en avoir pas seulement dans son pantalon. Je suis de la vieille école là-dessus, sans doute mes gènes insulaires. »

La situation ubuesque avait fait remonter cette saillie de Laëtitia à la surface. Je venais de mettre les pieds pile où elle détestait qu'on les mette. J'aurais dû annuler mais je sentais mes semelles engluées. Dans ce mensonge et mon envie de savoir ce qui avait poussé Élodie à solliciter ce rendez-vous. Et puis si ça se trouve, elle n'allait rien me dire de fondamental, c'était peut-être juste pour m'annoncer qu'elle avait été chassée par une autre société et qu'elle voulait mon avis avant d'accepter ou pas. Je me déculpabilisais comme je pouvais. En ce cas, je raconterais tout après coup à Laëtitia, noyé au milieu d'une conversation et emballé avec un joli petit « ah au fait, j'ai oublié de te dire… ». Cela passerait comme une lettre à la Poste. D'autant plus qu'ayant raconté dans le détail mes mois d'errance et de souffrance après avoir été éjecté, elle ne pouvait pas imaginer un seul instant que je puisse envisager encore quelque chose avec Élodie. Et pourtant…

C'était un beau mercredi de mai où j'avais décidé de faire ce qu'il me plaît. La veille encore, j'avais passé la soirée avec Laëtitia et esquivé son « tu fais quoi demain ? ». Forcément. Et j'étais donc assis à une table en terrasse sous une bâche rouge qui me protégeait d'un soleil déjà agressif pour cette période de l'année. Je ne m'étais pas installé au premier rang des tables, j'en avais choisi une en retrait qui en disait long sur mon état d'esprit. D'ailleurs quand Élodie arriva, légèrement en retard, elle ne me vit pas tout de suite. Je dus agiter les bras comme un sémaphore pour qu'enfin elle me localise. On s'embrassa sur les joues. Pas de doute, elle avait remis un peu de son parfum Gucci juste avant de quitter sa voiture. Ah ! ce parfum…

« Ça te va, ici ?

– Parfait ! Désolée, je sors d'une réunion interminable.

– Pas de problème, ça fait comme un avant-goût des vacances d'être assis là…

– Tu sais ce que tu fais, d'ailleurs, cet été ?

– Aucune idée, ça va être comme d'habitude, à l'arrache. Et toi ? La Corse ?

– Oui, on ne change pas des vacances qui gagnent… »

Laëtitia aussi y allait en août. Elle remontait chez elle et m'avait d'ailleurs proposé de l'accompagner. Vu ce que j'étais en train de faire, ce ne serait pas un verre de myrte qui m'accueillerait mais une volée de chevrotines. Même si pour le moment il n'y avait pas de quoi fouetter un chat. Enfin, châtier un Pinzutu. Après avoir commandé chacun une salade César, on est entrés dans le bois dur de ce rendez-vous.

« Tu voulais me parler de quoi ? Ça y est, tu attends le deuxième ?

– Pour ça, il faudrait déjà que j'aie le père…

– Tu l'avais, je te signale… Pardon, c'était une boutade…

– Je sais et je n'aurais pas dû le laisser filer.

– Pardon ? »

Je crois en avoir recraché ma gorgée de Perrier.

« J'ai bien entendu ce que j'ai entendu, là ?

– Oui… »

Des mois durant, à n'en pas dormir la nuit, à n'en pas travailler le jour, à en allumer même un cierge un jour dans une église, moi qui crois autant en Dieu qu'en l'existence du monstre du Loch Ness, j'avais rêvé de cet aveu. Il était là, devant moi, au moment où je ne m'y attendais plus, où il ne m'intéressait plus, emporté que j'étais par la vague Laëtitia.

« Tu sais, Flo, je ne regrette pas ce que j'ai fait. Nous deux, on était arrivés à un point de non-retour et si on avait continué comme ça, on aurait fini par se détester…

– Je t'ai détestée d'avoir fait ça, de la soudaineté de ta décision…

– Je t'avais quand même envoyé pas mal de signaux les derniers temps.

– Désolé, mais n'étant ni d'origine apache, ni comanche, je n'ai rien vu. Tu aurais peut-être dû être un peu plus explicite…

– Je sais, mais à quoi bon essayer de faire entendre quelque chose à un sourd ? Et tu l'étais. Trop accaparé par ton boulot, trop arc-bouté sur ta vision de notre couple, de nos ex, de nos enfants, fuyant les problèmes que j'avais pointés du doigt, comme l'absence totale de moments à deux, rien qu'à nous, pour nous retrouver…

– C'est un déjeuner ou un procès ? »

Mon assurance avait des airs d'arrogance. C'est toujours plus facile d'adopter une posture affirmée quand on a les meilleures cartes en main. Et là, je les avais. Si Élodie se vexait et me claquait entre les doigts, j'avais ceux de Laëtitia pour s'occuper de moi.

« Bref. J'ai beaucoup réfléchi depuis ce fameux soir où je t'ai mis dehors. À vrai dire, j'ai commencé au moment où j'ai refermé la porte derrière toi. Tu sais, j'ai failli la rouvrir aussitôt et te courir après dans l'escalier !

– Tu ne l'as pas fait…

– Non, j'aurais peut-être dû. Mais ce qui est fait est fait. Et puis j'avais sans doute besoin de m'éloigner de toi pour mieux me rapprocher. Ne plus te voir pour espérer avoir envie de le faire à nouveau. Reculer pour mieux…

– Te sauter ? »

J'aurais pu l'éviter, celle-là, alors qu'Élodie s'ouvrait à moi comme la mer Rouge devant Moïse. Et j'étais sa terre promise. Mais j'avais besoin de désamorcer. C'était trop d'un coup pour moi. D'ailleurs, pour reprendre mes esprits, je simulai une envie pressante. En faisant semblant d'uriner, j'essayais de digérer toutes les informations ingurgitées en parallèle de ma salade. La brune à qui j'allais faire une déclaration d'amour sans savoir vraiment comment elle y aurait réagi, la blonde qui était sur le point de m'en refaire une sans savoir non plus comment moi j'allais réagir. Dans le doute, le mieux serait de m'abstenir. Ni l'une ni l'autre. Ou les deux. Mais autant je n'avais eu aucun souci à jouer aux assiettes chinoises avec mes conquêtes éphémères, autant je me voyais mal jongler entre deux femmes pour lesquelles mon cœur balançait réellement. Bien sûr, avant ce déjeuner, j'avais envisagé ce cas de figure, le retour de flamme d'Élodie. Et je m'étais convaincu que l'évidence s'imposerait d'elle-même, que celle que j'avais vraiment dans la peau m'apparaîtrait comme la tête du nouveau président de la République le soir d'une élection. Car l'amour, le vrai, il ne peut y en avoir qu'un, ce n'est pas une prise multiple. Las, ce n'était pas le cas. Elles étaient si différentes, pire : complémentaires. Il aurait fallu que je puisse les fusionner mais je n'étais pas un alchimiste. Non, juste un idiot qui se retrouvait le cul entre deux charmes. En tirant la chasse, je regardai l'eau qui s'écoulait et emportait le peu de certitudes que j'avais. Je n'allais quand même pas jouer ça à pile ou face…

« Allez, mon cœur, indique-moi une direction !

– Demande à la raison, moi je me déclare incompétent sur ce dossier. Incapable de trancher, les deux me vont… Et puis si je fais le mauvais choix, ça va me retomber dessus, c'est moi qui vais encore souffrir, je crois que j'ai assez donné ces derniers temps…

– Bon, la raison, tu en dis quoi, toi ?

– C'est l'éternel dilemme entre l'ancien et le neuf, entre la valeur refuge et l'éventuel jackpot de la nouveauté, entre le déjà-vu et le jamais-vu, entre le rassurant du connu et l'excitant de l'inconnu…

– Oui, j'ai compris, mais à part essayer de gagner du temps, tu me conseilles quoi ?

– De ne pas te tromper sinon tu risques de le regretter longtemps…

– OK, entre le cœur et la raison, il n'y en a pas un pour rattraper l'autre. Très bien, comme toujours, je vais me débrouiller tout seul… »

À notre table, Élodie avait allumé une cigarette. À sa main légèrement tremblante, je savais qu'elle cherchait un peu de décrispation dans la nicotine. Je la trouvais touchante et j'étais touché. Mais j'avais appris de cette période à ne plus céder à la dictature de l'instant, à relativiser mon ressenti parfois trop euphorique ou trop dépressif par rapport à la réalité.

« Tu veux un café ?

– Et si on allait le prendre chez toi ? »

C'est vrai que mon appartement était juste en face et rien ne s'opposait à cette proposition. Risquée néanmoins car on basculerait alors du terrain neutre de cette terrasse à une intimité plus engageante. La dernière fois qu'Élodie m'avait proposé de prolonger le plaisir dans mon salon, je sais très bien comment cela s'était terminé. Et elle aussi.

« Tu ne travailles pas cet après-midi ?

– Si, si, mais ça va, ma réunion est à 15 heures.

– D'accord… »

Je demandai l'addition et quelques minutes plus tard nous étions dans mon salon. En revenant de ma cuisine avec deux expressos, j'aperçus Élodie sur le canapé jouant avec un élastique pour cheveux, le triturant avec ses doigts. Pour calmer son stress apparent. Il appartenait à Laëtitia qui avait dû l'oublier sur ma table basse. Moment de gêne intense pour moi et sans doute pour elle qui se doutait bien qu'il appartenait à une fille passée par là.

« Tu prends du sucre ?

– Tu m'as posé cette question pendant des années. Et la réponse n'a pas changé…

– Tu n'en prends pas…

– Voilà… »

Je lui tendis sa tasse et m'assis à ses côtés. Sans clients autour de nous, sans serveurs déambulant entre les tables, sans le brouhaha des voitures et des passants, l'ambiance semblait plus solennelle, plus pesante.

« Flo, c'est difficile à dire mais il faut que je le fasse, sinon j'ai l'impression qu'après il sera trop tard. Voilà, tu me manques. Sans toi, j'ai essayé, mais je ne suis plus vraiment moi. Même si nous deux, ça n'était pas parfait, en tout cas moins qu'au début, c'était quand même mieux que depuis que tu n'es plus là. J'ai eu beaucoup de mal à l'admettre, c'était me déjuger, salir mon amour-propre, mais j'ai dû me rendre à la raison : je t'aime encore. Et j'ai besoin de toi dans ma vie…

– Tu veux dire que tu veux qu'on essaye à nouveau ?

– Mais je comprendrais que tu ne veuilles pas. Après tout, tu es passé à autre chose… »

Elle me tendit alors le petit élastique sur lequel était encore accroché un cheveu brun.

« À elle, par exemple…

– Je dois te répondre maintenant ?

– Non, bien sûr…

– Tu sais, Élo, tu m'as fait beaucoup de mal. C'était sans doute mérité mais je ne pensais pas souffrir autant. Je crois t'avoir même haïe.

– Je sais…

– Laisse-moi un peu de temps. Je n'ai pas envie de me tromper, ce serait te tromper aussi, et personne n'en sortirait gagnant… »

Écrasant sa cigarette dans le cendrier, elle me prit alors la main et la serra fort. Pas un mot, la pression de ses doigts parlait d'elle-même. Elle se leva alors sans me quitter des yeux. Les siens étaient rougis, ça lui avait énormément coûté de se mettre à nu, elle qui donnait rarement dans l'extraversion.

« Flo, la balle est dans ton camp. Tu n'es pas obligé de la renvoyer. Mais si tu le veux, préviens-moi… »

Elle ouvrit ma porte avant de faire demi-tour pour m'embrasser. Sur la bouche. Je me laissai faire. Seulement quelques secondes.

« Allez, file, tu vas être en retard ! »

Elle disparut dans l'ascenseur. Pour l'échafaud ou pour le septième ciel. C'était à moi de décider.

La cloche de l'église sonne, il est 20 heures. Nous marchons, main dans la main, le pas léger, le cœur aussi. On se croirait dans une comédie musicale en Technicolor. Il fait beau, il fait bon, on est bien, tout simplement. Nous allons dîner à la « Villa Corse », une oasis insulaire dans le cœur de Paris, on y boira à coup sûr un patrimonio en dégustant des beignets au brocciu. Et puis on se moquera des chants polyphoniques qu'on massacrera allègrement en sortant du restaurant. Pas trop fort pour ne pas froisser le patron dont l'humour a des limites, celles de sa tête de Maure tatouée sur son avant-bras. Nous avançons rue Cambronne. Soudain, je m'arrête. Je la regarde et je me sens retomber en adolescence. Je dois avoir un sourire un peu niais mais je m'en fous.

« Je t'aime. »

Cela faisait un an et demi que je ne l'avais plus dit. Pour moi ce ne sont pas des paroles en l'air. Cette phrase, je l'ai souvent prononcée, trop peut-être, la salissant à force de la dire machinalement sans y mettre les sentiments. Elle est précieuse, elle doit être rare sinon elle n'a plus de sens. Elle en a un à nouveau. Je la prends dans mes bras et je pose ma tête sur son épaule. J'ai les yeux fermés pour mieux ressentir cet instant. La cécité décuple, paraît-il, les sens. J'ai peut-être été trop souvent aveuglé par le passé mais là je sais que je suis dans le vrai. J'ouvre les yeux. Sans m'en apercevoir, je me suis arrêté pile au numéro 2 de la rue et devant moi se dresse l'hôtel Ibis. Dans toute sa laideur impersonnelle de bâtisse des années 1970. La fenêtre de la chambre 840 est ouverte. Mais ce n'est plus moi qui l'habite. Un courant d'air agite les rideaux et j'ai l'impression qu'ils me font un clin d'œil. Je leur fais un petit salut de la main. Elle n'a rien vu. C'est mieux ainsi. Qui sait ce que me réserve ce nouvel avenir ? Je ne veux pas m'emballer, je ne veux plus m'enflammer, je ne mesure pas encore à quel point ces quelques mois m'ont transformé. Il est trop tôt pour le savoir mais quelque chose me dit que je ne suis plus vraiment le même qu'au moment où j'ai pénétré, piteux, dans cet hôtel. Je suis moins fragile, moins idéaliste, un peu désabusé, dépassionné, cette période m'a abîmé puis réparé, j'ai découvert que je pouvais séduire, papillonner, mon idéal a peut-être changé. J'ai envie d'y croire, bien sûr que je vais tout faire pour ne pas dérailler, mais un léger doute, je le ressens, est tapi sous ces couches d'euphorie. Rien ni personne ne peut m'affirmer qu'il n'y aura pas un jour un *Ibysse repetita*.

MIXTE
Papier issu de sources responsables
FSC® C003309

L'éditeur de cet ouvrage s'engage dans une démarche de certification FSC® qui contribue à la préservation des forêts pour les générations futures.

Pour en savoir plus :
www.editis.com/engagement-rse/

Achevé d'imprimer en janvier 2021
par Normandie Roto Impression s.a.s.
61250 Lonrai
N° d'impression : 2005396

Imprimé en France